留住乡愁

赵攀强 著

陕西新华出版传媒集团

太白文艺出版社 · 西安

图书在版编目（CIP）数据

留住乡愁 / 赵攀强著. -- 2版. -- 西安 ： 太白文艺出版社，2017.9（2023.2重印）
ISBN 978-7-5513-1256-1

Ⅰ．①留… Ⅱ．①赵… Ⅲ．①散文集－中国－当代 Ⅳ．①I267

中国版本图书馆CIP数据核字(2017)第185362号

留住乡愁
LIUZHUXIANGCHOU

作　　者	赵攀强
责任编辑	耿　瑞
封面设计	汇丰印务
版式设计	汇丰印务
出版发行	陕西新华出版传媒集团 太白文艺出版社
经　　销	新华书店
印　　刷	三河市嵩川印刷有限公司
开　　本	787mm×1092mm　1/16
字　　数	200千字
印　　张	16.5
版　　次	2015年12月第1版 2017年9月第2版
印　　次	2023年2月第2次印刷
书　　号	ISBN 978-7-5513-1256-1
定　　价	49.00元

目　录

第二辑　难忘亲情

第三辑　旬阳风情

第四辑　往事如烟

乡村依然美丽(代序)

——新乡土散文浅谈

赵攀强

相对于传统乡土散文对乡村田园牧歌式生活的赞美和向往,新乡土散文则是用原生态的方式反映乡村的萎缩及人性的扭曲。在传统乡土散文作家笔下,乡村仿佛是人间仙境,美到极致;在新乡土散文作家笔下,乡村似乎破败不堪,丑态百出。

我是一个农民的儿子,从小生在农村长在农村,后又长期工作在农村,自然对农村有一种别人无法体会的深厚感情和独有看法。在我心目中的乡村,既没有传统乡土散文作家笔下描绘得那样"美",也没有新乡土散文作家笔下披露得那样"丑"。

目前的乡村,究竟是个什么样子,到底如何才能客观地反映它,我有着自己的亲身体验和真实感受。

一、乡村还是美的

或许是我生活的乡村风景秀丽的缘故,抑或是我对故乡感情太深的原因,我总觉得陕南旬阳的乡村很美。这里有绵延起伏的秦岭、巴山,有碧波清流的汉江、旬河,有神奇无限的太极山城,有历史悠久的蜀河古镇,还有那淳朴的民风和浓郁的乡情。这些都会令人触景生情,浮想联翩。老家所在的小村,四面环山,三面临水,土地肥沃,林竹相间,景色宜人。每当看到老屋门前的毛公山、卧牛山,以及环绕村子的吕河、坝河、平定

1

河，便觉得这里是可以寄托灵魂的地方，热爱之情油然而生。正因为对故乡有了这种真挚的爱，我才会写出《旬阳的山》《旬阳的水》《旬阳太极城》《探寻蜀河古镇》《千古风云话蜀河》《水泉坪风景》《乡亲啊！我拿什么还你?》《母亲的茶饭》等一系列赞美家乡山水人文和怀念父老亲情的散文。随着时代的发展和社会的变化，乡村确实出现了不少问题，但这些问题无法掩盖乡村固有的那种自然之美和人文之美，尤其是乡村现代化文明程度的提升和农民生活水平的改善是毋庸置疑的。有次回家，一路上看到新修的高速公路、汉江大桥、乡村别墅以及通往村里的公交车，心情异常激动，随即写出《走在回家的路上》这篇随笔。通过这篇文章，我想反映的是乡村在发展在进步这个主题，告诉读者乡村依然是美丽的。

二、乡村有了缺憾

乡村是美丽的，美中不足的是人为地对乡野自然环境的破坏。我写《老屋门前的竹园》，就是写母亲多次保护竹园不被砍伐的故事。其实农村的毁林伐竹现象极为普遍。我写这篇散文，主要是希望农村多些像母亲那样的保护自然环境的人。正如文章结尾说的那样，"如果我们周围的人们，人人不再砍树毁竹，人人能够植树护绿，那么我们的家园将会更加美丽"。我写《远去的秦巴柴郎》，不仅仅是对过去那个山村砍柴时代的描述和记忆，更重要的是对我们曾经犯下的罪孽的心灵忏悔，呼吁人们从我做起，植树造林，恢复生态。在现代工业文明背景下的古老农业文明的渐次萎缩，一直是我十分担忧的问题。首先是农民进城。有年清明节回老家为父母上坟，发现农户几乎都是关门上锁，那些儿时伙伴也失去踪影。村里老人说，不少人家搬到城里去了，村里的劳力平时都在外面打工，不是逢年过节村上已看不到多少人了。心中颇感失落，我将回村的所见所闻写在了《冷清的故乡》里。后来，我在西安、安康、旬阳县城遇见许多老家人，他们都进城了。我感到奇怪，村里那么好，为什么要进城呢？经过多次交流和深刻思考，我从中发现不少问题。农民进城是时代的发展和历史的潮流，对于这一现象应当肯定，但是对于农民自身来说，不能急躁冒进一窝蜂地赶热闹。他们中的一部分人创业有成，为城市做出贡献，举家搬到城里无可厚非；然而有些人住到城里只是盲目攀比，无事可干，只会给城市添乱。目前的情况是城市拥挤不堪，农村荒凉萧条。思考着这些问题，我写出了《守住家园》这篇散文，不仅被《海外文摘》发表，而且获了奖。其次是新农村建设。由于人们认识的偏差，认为城乡一体化，就是要把农村建设得与城市一样繁华，到处拆除传统建筑，改道河流，砍伐老树，侵占土地，集中安置，结果形成"农村不像农村，城市不像城市"的怪样子，带来很多社会问题。旬阳有两处很美的旅游景点就遭遇了这样的破坏，一是西沟风景区，由于在修路时，人为地炸毁了谷口的响水潭，给人留下无奈和遗憾；二是水泉坪，由于在新农村建设中拆除了三百余户的石板房而大煞风景，这些都在我的《水泉坪记忆》《留住乡愁》等文章中有所揭示。

三、乡愁需要留住

我对传统乡土散文和新乡土散文做过认真比较，发现传统乡土散文作家多数是士大夫阶层或者现代白领阶层。他们有的怀才不遇，有的仕途坎坷，有的厌倦官场，有的看破红尘。他们认为乡村是世间的一方净土，将其描绘成为世外桃源和人间仙境。这是为了寻求一种心灵的释放和精神的寄托，具有"美化"的成分。而新乡土散文作家多数是从农村走出去的打工族。他们最初生活在社会最底层，对乡村劳动的辛苦与生活的艰难感受深刻，对乡村自然环境的破坏和污染深恶痛绝，对乡村人性扭曲的种种变异现象耳濡目染。他们走出乡村来到城市，是一种对城市物质生活的追求，也是一种对农村严酷现实的逃避。他们认为乡村已经污浊不堪，不适合生存，人们应该离开它，他们心中的乡村具有"丑化"的成分。尽管他们笔下的那些事情都是真实可靠的，然而是不是当下农村的普遍现象和社会潮流，值得商榷。我既不是士大夫阶层或者严格意义上的白领阶层，又不是打工一族，所以我看到的乡村依然是美丽的。虽说目前乡村出现了很多问题，乡村的消失正成为人们热议的话题，但我觉得只要留住山，留住水，留住地，留住那些传统村落，留住那片蓝天白云，留住那些淳朴民风和传统民俗，留住游子的那颗飘移的心，乡愁就一定能够留得住。所以，我的新乡土散文，本意是留住乡愁，回归乡土，而不是丑化乡村，逃离乡土。这些想法都在《守住家园》《老屋门前的竹园》《留住乡愁》等文章中有所体现。

贾平凹曾经说过"中国作家要为时代为社会立言"，这句话是我写新乡土散文的基本立足点。若给我的乡土散文进行分类，前期的部分作品属于传统乡土散文，后期的大多数作品则属于新乡土散文。从传统乡土散文到新乡土散文的转变，经历了一个思想斗争和写作突破的过程，这种大胆突破是出于为时代为社会立言的责任和对乡村的赤子之情。我希望通过更多这样的新乡土散文，让更多的人关注乡村、建设乡村、保护乡村，使我们的乡村更加美丽！

（本文系作者在 2014 年 5 月 17 日第四届中国西部散文家论坛上的交流发言）

第一辑　情系故乡

又闻水笑声

那是暮春,天空飘洒着微雨,我突然想回老家去。路旁的樱桃红了,河边的槐花开了,树上的香椿发了嫩芽儿,使人感受到了家乡浓浓的春意。

站在老屋门前,忽然听到了水在笑。这久违的声音,如丝竹般悦耳。水是会笑的,奶奶和母亲对我说过。那笑声陪伴了我的童年,给我留下了刻骨铭心的记忆。好多年都没有听到这亲切而熟悉的声音了,不由分说下到河边。故乡的吕河还是那样清澈,还是那样宽阔,滩还是那样险峻,一切都仿佛回到了遥远的从前。

立在河湾,碧波荡漾,清清的河水亲吻着脚趾。丝丝凉意洗涤着烦乱的心绪,如电流缓缓地输入心田。遥望对岸,水雾缭绕,毛公山下的村庄若隐若现。上游远处,细雨飘飞,云雾蒙蒙,野鸭悠悠,上河滩的影子依稀可辨,两座高山间水流奔涌,蔚为壮观。下游不远,水流将顺流直下之际,卧牛山横拦在前面,因回流形成一处深潭,而后转弯就到了下河滩。

记得母亲活着的时候曾经对我说:"孩子,吕河的水不笑了。"当时我不以为然,也无心去理她。现在回想起来,母亲说的是事实。那时,人们无序地在山林砍伐,山上的树木没有了,河水变得越来越浅。那时,人们胡乱地在河滩取沙,河床千疮百孔。人们错以为那沙石一水来一水去,是取之不尽用之不竭

的。那时，人们盲目地上马办厂，废水直排，河道污染……这样的蹂躏，河水怎能笑得起来呢？

或许是残酷的教训警醒了人们，经过十几年的封山育林和植树造林，光秃秃的山上长满了蔽日的树木，山上山下的森林覆盖率得到极大的提高，水源得以涵养，河水又逐渐地变丰盈了。随着整个安康成为国家主体功能区建设试点示范市，家乡人越来越珍爱自己的母亲河。采沙取石的疯狂劲头被日益增长的环保意识所替代，那些沿路的厂子逐一被关停，河水不再受到污染，水流渐渐清澈了。

溯河而上，水草茂盛，前后摇曳。由于河床高低错落，河水哗哗流淌，不时撞击河中的卵石，泛起朵朵浪花。笑从水中来。上河滩的流水进入河湾，水面宽阔，风平浪静，可以看清水底的沙石在微微摇晃，河里的鱼儿追逐嬉戏，优哉游哉。这些令我想起了儿时下河摸鱼的情景。

我想，吕河可能知道了自己要出远门的消息。她投入汉江母亲的怀抱，一路欢笑着汇入浩渺的丹江水库，汩汩地将一泓清水送往北方，送去汉水的甘甜和清爽。她还知道有那么多人呵护她、祝福她，于是笑了！千万条这样清冽无污染的河水汇聚成滔滔的江流。山欢水笑风光好，人寿年丰岁月长！

夜深人静的时候，水笑声哗哗入耳，格外动听，那是飘荡在故乡大地上的天籁之音，那是抚慰游子身心的欢乐交响。我多么想每晚都静躺在老家的床上，悄悄聆听这人生最美妙的乐章。

（原载于 2015 年 7 月 24 日《光明日报》）

梦里故乡观音堂

令人魂牵梦萦的地方叫观音堂,那是我的故乡。听说村小学占用的房子曾经是一座寺庙,庙里敬奉着观音菩萨,村名由此而来。

在我儿时的记忆里,这个村子不大,村里有三个组,百余户人家,人口不足千人,隶属旬阳县吕河镇管辖。

这个村子很美,美到令人难以置信的地步。可以说,陕南地区的山水田园之美,让观音堂村活脱脱地展示了出来。

浓缩了的是精华。观音堂村是陕南风光的缩影,是山清水秀的代名词。

那条供应北京人饮用水的汉江,将秦岭和巴山横隔两岸。观音堂村位于南岸的巴山之中。没有到过陕南的人可能不清楚,巴山不是一座山,而是由许许多多的山连接而成的群山,每座山均有各自的山名。

守护在观音堂村四周的有三座山:卧牛山、毛公山、刘家山。这三座山都是旬阳的名山,它们将村子围成一块土地肥沃,风景秀丽的盆地。卧牛山形似老牛横卧,毛公山酷似伟人酣睡,不论是近观还是远瞻,神形兼备,惟妙惟肖,令人叹为观止。刘家山因山上住着刘姓大族而得名。山上盛产毛竹,住户十有八九是篾匠。在困难时期,他们靠编织竹器卖钱,日子才过得不像其他村子那样寒酸。

流淌在观音堂村的有三条河:发源于旬阳县铜钱关镇铁桶寨的吕河,与发源于平利县光头山的坝河,在村子上头交汇,流过村前,再与发源于旬阳县原平定乡境内的平定河在村子下头交汇,流向汉江。三水相交,三山环绕,勾勒出观音堂村四面环山、三面临水的自然美景。山上郁郁葱葱,山下流水潺潺,田间麦苗青青,空中白云飘飘,一幅优美的自然山水画跃然纸上。

虽然陕南多山,人们常用"地无半亩平"来形容这里的立地条件之差。但是观音堂村的土地基本都是上等的平地,尤其还有大片的水田和菜地,更是让人们羡慕不已。记忆中,油菜花黄,稻田飘香,青竹摇晃,都是观音堂村的绝美风光。

在观音堂村有不少园子。沿平定河两岸,是一块块的菜园,菜园里出产的蔬菜,多数摆上了吕河镇居民的餐桌。这里的村民,往往是七八户组成一个庄院,全村形成若干个单元,每个单元都有一处绿色林园,因为家家户户都喜欢在房前屋后种树种竹。村上规模较大的竹园有三处:孙家坝竹园、来家垭竹园、刘家院竹园。这三家竹园,成为鸟儿和孩子们的乐园,点缀出村子更加迷人的风姿。村子还有一棵千年古树和一口千年古井。古树在来家垭的后坡,是一棵树龄在三千年以上的皂角树,粗大无比。古井在孙家坝下坡,井水冬暖夏凉,十分神奇。可惜的是有年阴雨季节,山体滑坡,古井被毁,成为村里人心中永久的遗憾。

观音堂人很美,尤其是村上的女人更美。这可不是我在故弄玄虚,那可是真真切切的事实。村上的女人,不论是我叫阿姨的长辈,或是我叫姐妹的同辈,抑或是叫我叔伯的晚辈,都长得身材修长、皮肤白皙、明眸皓齿、黑发飘逸。多少年来,我一直对村上女人为何如此之美深感疑惑。现在终于找到了答案。其原因有三:一是这里山清水秀,气候湿润,美山美水才能养出美人啊！二是四面八方的美女向往观音堂，她们纷纷带着嫁妆而来，使观音堂村变成了美女聚集的天堂。记得有位我叫燕姐的美女曾说："我并非看上观音堂的新郎，而是看上了观音堂的好地方。"三是本村的女子留恋观音堂，好说歹说不愿外嫁。那位我叫爱姨的女人，美得出奇，她硬是把外村那个我叫表叔的俊男吸引成了"倒插门"。

观音堂村人，不论男人女人，均性情温和，心地善良，吃苦耐劳，敦厚朴实。他们自古以来以务农为生，农忙时节主要从事耕种，农闲时节主要从事做工。前些年，他们主要在本地做些建筑、木工、漆工、贩运等活计。政策放开后，他们纷纷走出山门，出外务工，干得有模有样。他们之中做成老板、经理、包工头的应有尽有；落户西安、安康、旬阳县城的比比皆是。当然绝大多数仍在家乡辛勤耕耘。无论哪种情况，他们都靠智慧和汗水，种好了地，挣到了钱，发了家，致了富，过上了幸福美满的生活。

作为观音堂村人，我爱家乡的山水和土地，更爱家乡的父老和乡亲，我无时无刻不在心里为故乡的人们默默地祝福！

（原载于 2015 年夏《安康文学》）

情系故乡

故乡的老屋

　　故乡的老屋已有多少年没有人住了，因为父亲、母亲和大哥均已不在人世，二哥外出，姐姐出嫁，我也因工作需要住到了城市。

　　母亲就埋在老屋后边，每年春节前夕，我都要回去一次。一是看看母亲，二是看看老屋。因为母亲和老屋养育了我，是我的生命之根。

　　听母亲说，老屋是在祖父手上建成的，距今大约有近百年的历史了。老屋是土木结构，所用的支架全是上等的木料，所用的墙体材料却是土坯子，故乡的人们称为"胡基"。由于年久失修，现在的老屋已是千疮百孔，满目凄凉，使人不由得想到世间的沧桑。

　　老屋只有三间房子，且是老式的瓦房。难以想象那么狭小的空间怎么容下当时的六口之家。由于家庭贫困的原因，大哥、二哥结婚后还是挤在老屋居住。大嫂、二嫂、母亲在老屋里时常发生争吵，给本已超负荷的老屋增添了更加巨大的压力，然而，老屋总是毫无怨言地承受着这一切。

　　面对老屋，时常勾起我对美好童年的回忆。每天晚上，我都坐在煤油灯下学习，母亲总是陪伴在我身边，为我们补衣服、纳鞋底；夜深了，她总是督促我早点睡觉，不要熬坏了眼睛；睡下后，母亲每晚都要翻身起床为我重盖几次被子，因为我小时候睡觉不老实,小腿儿经常把被子蹬到地下。回想起来,不知那时的母亲有没有睡过一晚安稳觉。

老屋虽小,但自有我的乐趣。大哥结婚后,母亲和姐姐的床铺搁在了楼上,自然楼上就成了我的乐园。我把所有的玩具在楼板上摆放得整整齐齐,有大哥给我做的木头步枪,二哥给我做的木头手枪,最多的是子弹头和子弹壳。枪弹是我最喜欢的。我最爱看战斗片,一听说哪个村放映打仗的电影,就是跑十几里山路也一定要去看。那时,我梦想将来要当一名将军,可是天不作美,年龄一年年增长了,而身高却不见长,且身体非常瘦弱,俨然一副文弱书生模样,以至于后来忍痛割爱"弃武从文"了。

老屋是我成长的见证。从老屋身上我感受到了人生的艰难。由于老屋楼上四周墙体到处都是缝隙,寒冬腊月,刺骨的寒风不停地往进吹。听到母亲每晚持续不断的咳喘声,我心如刀绞。我们最害怕的是阴雨季节老屋的漏雨,往往是这处刚刚修好,那处又漏个不停,每次一直要等到雨住天晴,我们才能放下心来。由于长年劳苦,加之生活艰辛,母亲患上了肺气肿,在父亲过世不久,母亲也早早地离开了人世。

每次看到老屋,对我就是一次心灵的洗礼。刚刚参加工作那阵子,由于刚出校门步入社会,我的思想发生了一些变化。总觉得过去的东西太土气,不想穿母亲做的千层底和旧棉袄,不想见家乡的人和物,而一味想学别人的洋气,想摆别人的架子,装出一副干部的样子。其结果是领导有看法,群众有意见,工作干不好,思想更彷徨。在空虚苦闷之际,我回到家乡见到了老屋,触景生情,感慨万千。故乡老屋还是那样亲切,故乡小河还是那样清澈,故乡土地还是那样质朴,故乡伙伴还是那样热情,故乡的一切都是那样的淳朴自然,使人不由得产生自责

和愧疚之感。

　　我常想,没有老屋就没有我的童年,没有老屋就没有我的成长,没有老屋就没有我的今天。人生的道路艰难曲折,有晴天也有雨天,有顺境也有逆境,有成功也有失败,无论处于何种状态,都不能忘记根本。

　　（原载于 2011 年第 10 期《散文选刊》）

老屋门前的竹园

老家是一处很美的地方,位于汉江南岸的巴山之中。在我儿时的记忆里,老屋门前有一块竹园,竹园前面有一条河流,河对岸有一座大山,那时漫山遍野绿树成荫,河水清澈见石奔腾不息,竹园随风摇曳鸟儿啼鸣,"风景这边独好"用在这里再恰当不过的了。记得年少时有年春节,我提笔写了一副对联:风声水声鸟鸣声声声悦耳,山青水青竹叶青青青入目,横批是:山清水秀。贴在老屋的大门上,引来乡亲们的赞许。

可是,目前的老家却变了样子。山上的林子不见了,房前屋后的树木没有了,鸟儿停止了欢叫,河水失去了欢笑,整个院子除了那块竹园还勉强活着,给人一丝绿意外,剩下的只有无奈的衰败和荒凉。

漫步竹园,我对身旁的家人说,这块竹园一定要保住,退休后我还会回来居住的,因为竹园是老家唯一的风景了。

多好的竹园啊!它给我的童年留下了无数美好的记忆。

儿时的竹园,鸟雀成群,叽叽喳喳,我时刻都想捉住它们,但是鸟儿非常聪明,无论如何也拿它们没办法。我做了一副弹弓,天天躲在竹园瞄准,可总是不能击中目标。我又在地上撒些米粒,找来一个筛子扣住,用木棍撑起筛子一端,在木棍上绑着一根细绳,手捏绳头躲在远远的角落等候。那些贪吃的鸟儿不知是计,一只、两只蹦蹦跳跳地进来。我屏息凝神,直视前

方,看看鸟儿进得多了,放松了警惕,猛拉绳子。哈哈! 逮住了! 就这样逮了放,放了逮,其乐无穷。我们院落住着七八户人家,有十几个孩子。我们都是儿时伙伴,我们经常玩捉迷藏的游戏。我和红兵是娃娃头,经常利用竹园做掩护,让其他的孩子无法找着。有天晚上,我和红兵一人握住一根竹子,顺着院坝墙头溜下,脚踩墙缝,贴着墙壁,悬在半空。其他孩子们找到深夜始终无法找到,急得大哭。大人们要睡觉了,不见我们回家,也急着前来寻找。大人们的喊叫声和孩子们的哭闹声响彻夜空,情形很是恐怖,只有我俩觉得滑稽,暗暗发笑,幸灾乐祸。

老屋门前的竹园是什么时候有的,我并不清楚,但它能够完完整整存活至今,却经历了无数坎坷。

最早要砍伐竹园的人是大哥,那是他分家之后不久的事情。当时,他把自己名下的大大小小树木砍伐尽净,还要砍掉竹园,变成现钱进城做生意。母亲出面阻拦,死活不让他动竹园的竹子,说分家时没有把竹园分开,就是担心有人毁坏竹园。大哥拗不过母亲,只好作罢。

农村实行生产责任制时,土地到户,二哥和村里其他农户一样,把分给自己的桑树连根挖出,背回家中据为己有,生怕长在地里被人偷去。结果村里再也无人养蚕。二哥还想把老屋的竹园砍掉,换成钞票急用。母亲再次出面阻拦,说竹园是老家的风景和护院,有了竹园老家才会充满生机,没了竹园老家就会变得萧条。于是竹园又躲过一劫。

母亲病危时,我想给她做副柏木棺材。可我当时刚参加工作不久,经济十分紧张,又打起了竹园的主意,想卖掉竹子凑钱购置棺木。母亲很生气,说竹园不能动,柏木棺材不要了,做一副杉木棺材就行了。由于杉木比柏木便宜许多,所以又保住了那块竹园。

还有一次，老家打电话来，说有人要买竹园，准备把所有竹子挖出来当竹苗用，拉到某某乡镇发展青竹产业。我生气地说，我母亲生前那么困难，都没有动过竹园，今后再也不许打竹园的主意。更何况他们把竹苗都栽在路边，搞形象工程，又有几株能够成活？

我总在想，人为什么具有破坏性。碧绿的竹园要毁掉，茂密的林木要砍伐，清清的河水要污染……

去年春秋，单位同事购买许多树苗，运回老家栽植，对我有所启示。以后每年春秋，我也要买些树苗栽植在老家四周，让它们与老屋相邻，与竹园为伴，使我在晚年能够重温"山青水青竹叶青"的童年。我想，如果我们周围的人们，人人不再砍树毁竹，人人能够植树护绿，那么我们的家园将会更加美丽！

（原载于 2013 年 8 月 18 日《陕西日报》）

情系故乡

老宅古树

老宅后有一棵皂角树,年代久远。村上老人说,这棵树至少有几千年的历史了。然而到底有几千年,谁也说不准。

古树很大,记得上初中的时候,我曾经想知道它有多粗,叫来同伴红兵、平娃,一起手牵手合抱古树,三个人竟然无法抱住它。古树的根很多很粗,且扎得很深,几乎盘结了老宅后山的半面坡。只有一根主干长出地面,粗大无比,浑圆笔直,形似农村烧酒用的大木笤。主干长到两米多高后突然分为九枝,其中靠近平定河的两枝平行伸展出去,将山下的水潭遮盖得严严实实,靠近院落的七枝一齐向空中发展,将整个庄院庇荫其下。每次回家,我都要到古树下向上眺望。每根枝丫都是一棵古树,九九归一,互相交织,竞相生发,亭亭如盖,令人望而生畏。

古树很老,我曾经见过来家垭最年长的三婆,三寸金莲,她说来家垭有多老皂角树就有多老。我问她来家垭有多老?她说皂角树有多老来家垭就有多老。这些年村上老人一个个走了,知道村上故事的人越来越少。四姨叫张秀娥,今年七十六岁了,生在来家垭长在来家垭。她听她的爷爷说,这棵皂角树有三四千年的历史了。我看到过不少古树,比如关口禹穴古药树,说是大禹栽的;公馆张良庙古桦树,说是张良栽的;旬阳文庙古柏树,说是孔子后裔栽的,它们树龄都在千年以上。但是这些古树与故乡来家垭皂角树相比,真是小巫见大巫,仅仅只是九枝当中的一枝大小而已。

来家垭位于陕南旬阳县吕河镇观音堂村，垭子上自古以来住着两户人家，一户姓来，一户姓张，传说来家比张家更早，所以叫来家垭。这棵皂角树究竟是来家祖先所栽，还是张家祖先所栽，人们说法不一，但是目前这棵树归属于张家。从我记事起，皂角树就是张家的摇钱树。每年花开过后，皂角由小长大，挂满树梢，随风飘拂，形影婆娑，宛如彩蝶飞舞，又如纸鸢翻飞，俨然来家垭中一景。四姨说每年霜降过后，皂角成熟，黑蝶聚集，收获都在千斤以上，张家三户，每户都能分得三四百斤，一年的油盐酱醋等日用钱就够了。

记得有次回到老家，看到皂角树的九个枝丫少了一枝，我对妻子讲："我少年时，有天风雨交加，电闪雷鸣，皂角树的这个枝丫遭到雷击，拦腰折断。"四姨说："你记错了，遭到雷击的是门前的那棵古树，那也是一棵皂角树，虽然比房后的这棵小，但也有几百年的历史了。"我们跟着四姨来到门前那棵皂角树下，看到曾被雷击的树干形成巨大空洞，周身青苔覆盖，甚为苍凉，心中不免产生惆怅。四姨又带着我们来到房后皂角树下说："三儿蛋娃要盖新房，嫌这个枝丫挡事，他为古树披红放炮后，把那个枝丫砍掉了。"我举目上望，发现那条红绸还缠在那个断枝上，心中不是滋味。

听说有人要买这棵古老的皂角树，我对老宅古树很是担忧。九枝伤其一枝毕竟还有八枝，如果连根挖出运走，那它就要走到生命的尽头。今年我已回老家三次了，每次回去都要看看这棵古树。我一次又一次地对四姨说，这棵古树具有灵性。古树是来家垭的风景，是我们祖祖辈辈的根，如果古树没有了，心也就无所依托了。我想这棵古树没有比待在这里更有价值了。

（原载于 2014 年 11 月 6 日《陕西日报》）

来家垭往事

来家垭是我的故乡，我在那里出生，在那里成长，那里有我童年的欢乐，人生的梦想。

对我来说，熟悉不过来家垭。但说心里话，我对来家垭的了解只是知之皮毛，真正来家垭的往事我知之甚少。比如，先后在来家垭住过的十几户人家，为什么没有一户姓来？还有，来家垭既不是集镇，也不是村庄，为什么垭子上有街道和集镇的遗迹？还有，来家垭上的古树已有几千年的历史了，听说是来家祖先所栽，为什么归属张家？等等，这些都是我心中的未解之谜。

多少年来，来家垭令我魂牵梦萦，尤其是那些心中的疑问，总想弄个明白。可惜的是，知道来家垭往事的人少之又少。爷爷奶奶活着的时候，问过不少，但是那时我太小，听到的事情记住得太少。父母亲健在的时候，我也曾不止一次地问过，他们回答得也是支离破碎，不成系统。

来家垭是一个小地名，隐藏在汉江南岸的巴山深处，属旬阳县吕河镇观音堂村管辖，其外形真像一个葫芦状的小山垭。

从我记事起，垭子上就有一条石板街，石板街的两旁是住房，因地势高低不同，分为下院、中院和上院。下院临河，上院直通垭子口。每个院落之间都有石墙围成的院坝，由高到低，错落有致。

垭子上有一棵千年皂角树,粗大无比,历史悠久,是来家垭的风景。垭子上还有一块竹园,四季常青,苍翠欲滴,与那棵千年古树隔街相望,成为来家垭又一美景。竹园下吕河静静地流过,古树下平定河环绕,两条河流在垭子下院的沙滩中交汇,使老家所在的来家垭三面环水,一面傍山,好似漂浮水中的仙岛,美到极致。吕河在毛公山下,平定河在卧牛山下,两座名山与牵系垭子的刘家山将村子围成盆地,土地肥沃,风景秀丽,美不胜收。

此地之所以叫来家垭,主要是古时来了一位姓来的人物,看中了这块风水宝地,就在这里安营扎寨,繁衍生息。这个人物在哪个朝代?从哪里来?来干什么?人们都说不清楚,就连来家的传人也说不清楚。只听他们说来家祖先中有一位将军。那将军流传下来的头盔我是看见了的。又听说来家祖先中有一位拳师,很厉害。那拳师留传下来的一对习武用的石狮,我也是看见过的。还听说来家祖先中有一位名医,医术高超。旧时某督军送他的贺匾,我也曾亲眼见过。这些足以说明来家垭的悠久历史,以及来家祖先曾经的辉煌与显赫。

来家垭真正的辉煌是在近代。听爷爷奶奶说,新中国成立前来家垭只住着来姓一户人家,祖父曾祖父都是大员外。那时来家开有货栈、旅馆、食堂、磨坊、药铺、骡马店,家大业大,用工众多。下院是安置骡马的地方,中院是做生意的地方,上院是客栈和主家居住的地方。南来北往的客商络绎不绝,人流如潮,生意红火。

那时物资交流主要是靠肩挑背扛和骡马驮运,而来家垭是贯通旬阳南北的咽喉。不论是从旬阳县城到南区进入湖北,还是从南区的铜钱关、神河到旬阳县城,走到来家垭正好是一天的路程,上下的客人必须在此歇脚休整。由此可见,昔日来家

垭的繁荣昌盛那是自然而然的事情了。

到了爷爷奶奶辈，来家开始走向败落。先是奶奶不能生育，再是生意越来越难做。母亲曾经多次对我说，她原本姓张，出生在神河一个叫双潭的高山村，三个月时被来家抱养，改姓来，叫来巧云。后来爷爷死了，偌大的家业仅靠两个女人支撑，奶奶急瞎了眼睛，母亲也因操劳过度病魔缠身，家业开始风雨飘摇。

后来，父亲前来顶门立户。父亲姓赵，出生在西安长安区，十六岁那年，为避壮丁，翻过秦岭，逃到陕南的吕河镇，给李姓员外家当了相公。父亲做了来家的上门女婿后，改姓来。父亲的到来，既没有扭转来家家道中落的命运，也没有传承来家的香火。我们姊妹四人陆续降生后，按照祖上的规矩都应姓来，可是奶奶去世后，父亲硬是将我们的姓氏改为赵姓，从此来家垭再也没有姓来的人了。

再后来，从吕河到铜钱关的吕铜公路修通了，从旬阳到平利的旬平公路修通了，还有从十堰到天水的十天高速公路也修通了，走来家垭的老路废弃了。垭子从此失去了昔日交通枢纽的地位和作用，逐渐被人遗忘。

每次回到老家，看到那些苍凉的石板，空寂的老房，残破的院落，荒芜的坟墓，还有那岌岌可危的古树和竹园，作为来家的后来者，我总会觉得汗颜和难堪，不由得发出世事多变和人间沧桑的感叹。昔日的辉煌不再，乡村的旧景给游子们只留下了那一丝丝的怀念与片片零碎的记忆……

（原载于2015年4月15日《安康日报》）

故乡的小河

尽管离开故乡二十多年了，但故乡的小河却始终令我难以忘怀。

故乡的小河就在我家屋后，那是一条清澈见石、水质甘甜的河流，因其发源于旬阳县原平定乡境内，故名平定河。

故乡的小河是我的母亲河，是她留下我儿时的梦想，是她哺育我茁壮成长，是她鼓励我走向四方。

记得那时故乡的人们，家家户户都有水缸、水桶和扁担，每天清晨起床的第一件事，就是拿起扁担，挑起水桶，把故乡小河里的水一担一担挑回家里装满水缸。小河流域的人们，就是靠吃故乡小河里的水成长的。

在我们村庄靠近小河的岸边有一块水田，大约五十多亩，村上人称之为秧田湾。一条堰渠将故乡小河里的水引入水田，清清漫流，滋润着那葱绿的秧苗，日复一日，年复一年。那时村上人能够吃上热气腾腾的白米饭，靠的不是故乡的小河吗？

故乡的小河是村里人生活的寄托。小河两岸居住的人们，因为有水浇灌，大都建起了菜园。他们起早贪黑在菜地里忙碌，渴了喝一口小河水，热了在小河里洗个澡，真是赛过活神仙。白天，你可以看到成群结队的农家妇女围在河边，她们有的是在上游洗菜，有的是在下游洗衣，有的是在河中洗发。夜晚，村里的男子不约而同来到河边，他们是在用小河水冲洗一天的辛劳和汗水,敞开胸怀感受生活的真谛。

故乡的小河更是村子里孩子们的天堂。只要大人稍不留神,那些儿时伙伴就会偷偷溜到小河去逮鱼、捉鳖、抓螃蟹。自然,我也是这其中的一员。只不过我每次到小河去都是经过母亲允许的。那年月我家的生活极度贫困,常常是缺油少盐,不得温饱,我也饿得皮包骨。只要我在小河捉到鱼,母亲都会为我做一碗香喷喷的鲜鱼汤,以滋补我瘦弱的身体。记得有一次我们一群伙伴在一个大水潭里发现了一条非常大的鲤鱼,于是我们争相围追堵截,前后奔扑。在那群小孩中,可以说数我表现得最勇敢。我瞅准鲤鱼所在的位置,整个身子猛扑过去将鱼压在身下紧紧抱住不放。尽管鲤鱼宽大有力的尾巴将我的小脸抽打得红肿,但经过激烈搏斗之后,我还是降服了它。抱着鲤鱼回家,一称足足三斤半重,母亲为我精心烹制,使我美餐了好几天。

我对故乡的小河非常热爱。有一次有人在小河炸鱼,我竟然和那人翻了脸;还有一次有人在小河"闹(药)鱼",鱼藤精下到河里以后,整个小河的大大小小的鱼都被毒死了,我为此伤心了好一阵子,并在心里将那人咒骂得一塌糊涂。

光阴荏苒,斗转星移。不知故乡的花朵开了多少茬,不知故乡的果实熟了多少次,不知故乡的人们长了多少岁,也不知故乡的小河给予了他们多少供养。但故乡的小河总是那样悄无声息地在故乡的大地上默默流淌,无怨无悔,直到永远。

(原载于 2007 年 6 月 8 日《安康日报》)

故乡的吕河

老家门前那条河叫吕河,吕河流经吕河镇,如回到母亲的怀抱汇入汉江。

吕河的源头在观音堂村,归属陕南旬阳县吕河镇管辖,那是我的故乡。小小的村子竟然有四条河流汇聚。神河与坝河在村子上头交汇后形成的吕河,奔腾于两山之间,由于河道变窄,落差变大,形成一段险滩,被称为上河滩。随后河水流入村子开阔地带,河面变宽,水流平缓,形成一处上百亩的河滩,被称为前河湾。平定河与吕河在村子下头交汇后,形势突变,两山相阻,河道紧收,水流湍急,被称为下河滩。

四水交汇,大有故事!追求刺激可能是人类的天性,哪里有危险就喜欢到哪里去。我们村子的人最爱去的地方不是上河滩,就是下河滩。到上河滩最惊险的水上运动就是"放滩",也就是现在的时髦语漂流。每到夏季,村上的人们纷纷来到上河滩,把脱下的衣服放在下游,徒步山路来到上游,鲤鱼跳龙门,浪里跃白条,扑通扑通跳进河里,巨大的浪头迎面袭来,一颗颗头颅好像漂浮在水中的黑球,随着浪花的跌落上下起伏,惊呼之声一时震耳欲聋,响彻云霄。看到村上男子"放滩"凯旋上岸,我羡慕极了,觉得他们都是打了胜仗的大英雄。有天放学,同学约我去"放滩"。经不起"放滩"的诱惑,我高高兴兴地去了。站在河边那块高高的岩石上,看到水那么深,石那么高,我

胆战心惊,不敢下跳。不知是谁,在我背后猛地一推,我一头落入水中。我大喊大叫,四肢乱蹬,上下翻腾,拼命挣扎。记不清是谁救我上岸,也记不清是谁把我弄醒,但从那次以后我慢慢地学会了游泳,还学会了"放滩"。

到下河滩最有意义的活动是摸鱼。平定河与吕河交汇处位于卧牛山的"牛头",那里有一处巨大的石仓,仿佛真是"牛嘴",水很深,里面藏的鱼很多。村上水性最好的有两人,一个是我的三姨夫,一个是哑巴表叔。两人都会"闭气功",一个猛子扎进水里,可以坚持个把小时不换气不出来。正因为有此等功夫,他们能摸到大鱼。一次三姨夫摸出了一条大鲩鱼,足足有八斤,哑巴表叔不服,硬是摸出了一条十斤重的大鲩鱼方才罢休。我们这些小孩子也学着大人的样子去摸鱼,但总是收效甚微,因为我们刚看到鱼或者刚摸到鱼,气就不够用了,就要急忙浮出水面换气,不然就会被憋坏的。

前河湾是我最喜欢的地方。那里有宽阔平静的水面,是我们这些孩子常去玩"水漂"的地方。随手捡起一块石片,使足力气平撇出去,石片在水面飞速滑行,浪花追逐石片,激起层层涟漪,令人心花怒放,心旷神怡。那里有大片松软的沙滩,近水处还长着一坨坨的水草,孩子们常在河坝放牛,牛在沙滩打架,我们在河边玩耍,赛过活神仙。每当洪水过后,前河湾就会堆积大面积的"浪渣柴",村上男女老少把柴背回家里,作为燃料。洪水淤积的整片泥沙,成为良田沃土,村上划给各家各户种菜种粮,颇有收获。

后来前河湾成了村上人伤透脑筋的地方。不知是谁突发奇想,决策要在河边修筑一道大堤,保护那些泥沙地。记得第一次修的大堤很宽很高很长,雄伟壮观,花的时间好像是一年。没过几年,大堤被一次又一次的洪水冲刷得一塌糊涂。村上第二次修堤用的人更多,花的时间更长,修的大堤更加坚固。可是若干年后,大堤还是抵挡不住洪水的冲击,荡然无存。后来,村上又动议第三次修堤,被村上的一位老爷爷劝阻了,他说:"前河湾自古以来就是水道,凡事都要尊重自然规律,顺其自然,人不能和水争道,如果强行去争,到头来只能是劳民伤财,瞎子点灯白费蜡,一切都是枉然!"于是前河湾空旷的自然之美,才有幸被完整地保留了下来,成为我们这些游子梦里常回的一片圣地。

（原载于 2015 年 3 月 28 日《陕西日报》）

情系故乡

家乡的卧牛山

美丽的汉江南岸,横卧着一条"大牛",大牛头向巴山,尾朝大江。它的周身被三条河流包围,除了汉江之外,一条河流是吕河,沿着它的右侧从牛头流到牛尾注入汉江;另一条河流是平定河,由于这头牛的左侧臀高头低,河水途经牛的臀部转向牛头流去,汇入吕河。三河夹一山,形成有名的汉坝川,汉坝川散落着过去的八个村庄和吕河老街,成为吕河镇的中心地带。

从我记事起,就听到"吃在周家湾,屙在汉坝川"的说法。因为牛头对着周家湾,牛尾顺着汉坝川。老牛把周家湾的东西吃到肚子里,屙给了汉坝川,使周家湾越吃越穷,汉坝川越屙越富。按当地老百姓的说法,这是一头"神牛",吃的是"五谷杂粮",屙的是"金银财宝"。其实这是由地理条件决定的。过去的汉坝川区域,山上森林覆盖,山下良田沃野,是旬阳的商品粮基地,而吕河对岸的周家湾区域,山瘠地薄,条件较差,肯定不能与汉坝川相提并论。

我家住在吕河镇观音堂村,吕河与平定河在这里交汇流入牛嘴,也就是说我家隔着吕河可以望见周家湾,涉过平定河可以走进卧牛山。

卧牛山的牛头很有意思,左右两耳是两片肥沃的土地,左边住着观音堂村一组,右边住着八一村三组,这两个组的人家就靠卧牛的两个耳朵吃饭。两耳之外一片绿野,是我们放牛的绝佳草场。我家养牛,我就放牛,牛头山是我最爱去的地方,那里不仅草好,而且宽敞。我时常将牛赶上山坡就不管了,然后找一处草坪,把牛鞭和牛笼嘴放在一旁,摊开书页读书。记得有天下午,我读书入了迷,天黑看不见字了才想起放牛的事。急忙在山上寻找,却怎么也找不见牛。无奈之下回到家里,发现那头黄牛竟然自个儿回到圈里。我放下牛鞭和牛笼嘴,蹑手蹑脚溜进房门,准备悄悄爬上床铺睡觉。不料父亲一声怒吼,一把将我藏在枕头底下的书举过头顶,恨恨摔在地上,又想去取火柴一把火烧掉,幸亏母亲百般阻拦方才作罢。

过去牛头山上的树木很多,我经常去那里砍柴。后来砍柴的人越来越多了,柴也就越来越少了。记得牛左耳下住着一户人家,女主人姓赵,村上人叫她"赵女儿",她家房前屋后都是大柴,那是人家常年保护的结果。我和红兵商议,准备趁她不在去砍柴。机会终于来了,这天她家关门上锁,可能是出远门了。我和红兵翻越她家后墙,大肆砍伐,取得成功。后来我们的胆子更大了,发现她家没人又去了第二次,这次却被逮住了。是她的女儿在家睡觉,被砍柴声惊醒后叫回妈妈,对我们进行了严厉的惩罚。再后来,"赵女儿"上门招的女婿老曹从后山带回来一头黑犍牛。它威猛雄健,力大无穷,村上任何犍牛都惨败在它的脚下,成为我们村的"牛王"。我家的犍牛也曾败过,但我不甘心。那天老曹在河坝放牛,我也赶牛过去。两头公牛见面就打,只有两个回合,我家的犍牛就被打翻在地,四脚朝天,口吐白沫。老曹望着我说:"看你还敢去偷柴不?"我吓得张口结舌,从此再也不敢去她家偷柴了。

从我家蹚过平定河,绕过牛头到达卧牛右耳的那条山路叫牛头碥,碥下是深水潭,碥上是悬崖峭壁,路面狭窄,长达一公里没有人家,阴森可怕。听说那里经常闹鬼,因为有人走夜路

情系故乡

不慎滚下山崖丧生，也有人玩水钻进深潭永世不归。我考上初中后，偏偏要从这条路去上学，起得很早，不走夜路不行。记得每天早上，母亲早早起床为我做饭，然后送我涉水过河，踏上牛头碥。母亲一手打着手电，一手拄着拐杖，边走边对我说话。走过碥路之后，还要上一面坡，那坡叫黄头梁，坡度很大，母亲走一会儿就要停下来咳喘，因为母亲患有肺气肿病。翻过梁顶有户人家，姓梁，家中有一条狗，对我吼叫威胁。母亲扬起拐杖吓跑恶狗，我则趁机飞跑过去。走了很远了，回过头来，发现母亲还在那里望着我的背影，直至望不到了她才返回家去。

作为吕河人，我最自豪的是我们那里有卧牛山和汉坝川。那里不仅风景优美，而且给我留下无数美好的记忆，令人魂牵梦萦。更值得欣慰的是国家实施生态文明建设后，人们不再砍柴，不再放牛，青山绿水得到保护。听说当地政府也看中了这块"风水宝地"，将吕河镇列入大县城总体规划，积极筹建卧牛山生态森林公园和汉坝川产业示范园。不久的将来，卧牛山将会成为汉江边上一颗璀璨的明珠，令人更加神往！

（原载于 2015 年 7 月 13 日《陕西工人报》）

毛公山琐记

院坝又围满了一圈子人,听三爷和父亲他们讲故事。我老是心不在焉地打岔,问那是什么山?山上的星星为什么那么亮?父亲说,那山叫黑山,黑山上空的星星又大又亮,可能是我们村子要出什么大人物了。

我感到很迷惑,黑山上空的星星又大又亮,怎能说我们村子要出大人物了?我对父亲的回答不太满意。又一个月朗星稀的夜晚,劳累一天的人们在黑山下的吕河洗完澡,吃过晚饭,又围在我家院坝夏凉闲聊,我又提出了同样的问题。三爷凝望那山许久,兴奋地说,快看呀!那山好像毛主席在那里睡觉呢!

三爷叫张明堂,祖上富豪,自幼读书,教过书,人称张先生,是我们村子仅有的两个文化人之一。他说,这座山夹在汉江和吕河之间,伟人毛主席在那里头枕汉江脚踏吕河仰卧熟睡,两水带着毛主席的福音向东流去,润泽东方啊!从此毛公山的名字就叫开了。

毛公山的神秘,不能不让我想方设法了解它。美丽的汉江将陕南一分为二,江北是秦岭山脉,江南为巴山山脉。毛公山位于汉江南岸巴山山脉的旬阳县吕河镇境内,毛公山下的村子叫东曹村。我家所在的村子叫观音堂村,与东曹村隔河相望,中间相隔的河流就是吕河。

最早踏进毛公山是因为一块地,这块地一直是我心中的一

个谜。毛公山的半山腰有块地，明明是东曹村的地，却要观音堂村的人去收种。我曾经多次跟随大哥他们去过那块地，每次都是不等天亮就要起床，背上干粮，渡过吕河，爬上山腰，在那里耕作、歇火、吃饭，回来已是夜深人静了。因为路途遥远而且难行，我问大哥，东曹村的这块地，为什么每年要观音堂村的人去收种？大哥说，这块地是观音堂村的，不是东曹村的，具体是什么原因，他也说不清楚。时隔若干年后，心中还在想着那块地的事。前不久和分管农口的县人大一位主任闲聊，方才弄清楚了。原来这块地叫"插花地"，就是甲村的人迁移到乙村，人可以迁走，地却迁不走，于是甲村就将某人的口粮地划给乙村，这是大集体时代的产物。

最能勾起童年记忆的是毛公山上的中药材和野果。那时我太小，父母不让上山，只让姐姐随村上其他女子上山打猪草。她们每次背着空背笼而去，回来都是满载而归。她们聚在一起，咯咯笑着，说山上满沟都是葛藤叶，是天然的草窝，取之不尽用之不竭。她们带回许多野果子，吃着，笑着，还把剥好的"八月炸"塞到我的嘴里。"八月炸"形状像香蕉，但比香蕉短小，是生在一种藤上的果实，长到农历八月熟透时自然炸开，味道好极了。上学了，我每年假期都要到毛公山上挖药材卖钱凑学费。山上的药材不仅种类繁多，而且长得粗壮。半夏、茯苓、天冬、麦冬、天麻、黄姜、何首乌、石斛等应有尽有。记得上小学四年级的时候，我野跑撞翻了同学抱着的热水瓶，一壶滚烫的开水将我的脊背烫伤了一大片。我就爬上毛公山，把那些缠绕在大石上的石斛采摘回家，用小刀将叶片背面的黄茸毛一点点地刮下来，放到油锅里熬成膏，涂敷在烫伤的地方，竟然神奇地治好了，没有留下一点烫伤的痕迹。

去毛公山的次数多了，我发现山上的石头都是黑色的，与父亲在观音堂狮子岩开采的石炭一模一样,我才意识到这座山蕴藏着丰富的石炭资源,难怪千百年来人们称之为黑山了。自从改名毛公山后,出于对一代伟人的敬仰,人们从来没有去开采过,这实在是一件幸事。

人总要怀念故乡的,我的这种情愫越来越浓,近年来回归故乡的次数越来越多。每到夜晚,我还会站在老屋门前的院坝里仰望天空,毛公山依然静静地睡在那里,上空那颗又大又亮的星星却没有了。我想问问当时的人们,可是三爷不见了,父亲逝去了,母亲逝去了,大哥逝去了,他们都相继作古。我听村上人说,那颗星星早在1976年后就消失了,因为毛主席他老人家安息了,星星怕光亮照醒了酣睡的老人悄悄地溜走了。这当然是个传奇,大家却信以为真。

为了瞻仰老人家的睡姿,人们在吕河的另一座山上修建了毛公广场。站在那里眺望,云雾缭绕,江河吟唱,一代伟人安详地睡在毛公山上。那宽阔的前额,那智慧的浓眉,那圆润的鼻梁,那微闭的嘴巴,那粗壮的喉结,还有那独特的乾坤痣均清晰可见,惟妙惟肖。回想起老人家为了人民的解放事业艰苦奋斗的辉煌一生,也不由得使人倍加珍惜我们今天所拥有的一切。从而为人民、为祖国、为社会奉献自己的一份力量,让我们的人民更加富裕,国家更加强大,以告慰老人家的在天之灵。

(原载于2015年3月27日《安康日报》)

情系故乡

守住家园

　　老家在汉江南岸的巴山深处,四面环山,三面临水,三间瓦房,房头是肥沃的自留地,门前是宽阔的院坝,院坝前是青翠的竹园,竹园前是绵软的沙滩和清清的河流。儿时,母亲曾不止一次地说,我们的家园是一块风水宝地,世世代代一定要守住它。母亲到了临终时,还是念念不忘要为儿孙们守住家园,要求将她埋在房后的空地里。

　　父母离世,姐姐出嫁,守住家园的任务自然落在了大哥、二哥和我的头上。一九八三年我考学走了,后来参加了工作,常年在外,很少回家,我多么希望两个哥哥能安分守己,待在老家,陪伴父母的亡灵,给我留点家的感觉。可惜的是,大哥头脑灵活,精于算计,做起了生意,找了个城市户口老婆,举家住到了城里。二哥也是想方设法,辗转各地开商店,做食品,到老了竟然出外务工多年不归。

　　去年春节回家,老屋大门紧锁,蛛网缠绕,摇摇欲坠,磨房和院坝杂草丛生,野蒿长出一人多高,荒芜衰败的样子使人顿生悲凉。如果不是母亲的坟头和老屋窝在那里,我真不敢相信这就是我魂牵梦萦的老家。

　　大哥的孩子是两个女儿,均已出嫁,我的孩子也是一个女儿,正在大学读书,二哥的孩子中有个男儿,我希望这个侄儿能够娶妻生子住在老家。不料去年春节他打来电话,说要把老家卖掉,凑钱在西安买房。原因是他找了个对象在省城康复路摆了个小摊,要求住到西安去。如果遂了他的意,母亲的心愿将如何实现?

那天在县城散步,遇见表叔,他说他住到县城好几年了,房子就在小河北,并热情地招呼我到他家坐坐。表叔是我们村的党支部书记,曾经号召全村男女老少要热爱家园,建设家园,可是到后来他却离开了家园。有天在街上遇见梅姐,她说也住到县城了。梅姐比我大得多,应该是我的长辈的年纪,只是辈分低了些,所以我称呼她梅姐。按理说,梅姐是村上极为普通而本分的人,是离不开家乡的,可是她却进城了。还有一天,在县城的汽车站遇见了淘气,我以为她是坐车进城买东西来了,但她却指着汽车站旁边的高楼,说她家就在十楼。淘气是她的小名,大名叫什么我并不知道。我只记得她的丈夫是瞎子,日子过得寒碜,她本人也不是那种能行的女人。她的进城确实让人觉得不可思议。我点到的这些人只是村里进城农民的极少数,其实这些年离开村子的人很多很多……

看来,人去室空并不是我家老屋的特殊现象,衰败荒凉也不是我家院落的独有风景。这不由得使我想起今年清明节期间回家的一幕,走到的农家,家家都是关门上锁,经过的田间,处处都是渺无人烟,想找个老乡聊聊家常,也没有找到可以说只言片语的对象,使人心中产生无限惆怅。

农民进城,应该是时代的发展,历史的进步。但凡事都得讲究个适得其所,有些农民进城有好多事情可做,能够为城市的繁荣和发展做出贡献,那么就要毫不犹豫地进城去。而有些农民,进城后什么事情也做不了,只会给城市带来拥挤和问题,与其盲目攀比过着不伦不类的日子,还不如守在家园种树耕田,保护自然。

情系故乡

自然界要保持生态平衡，人类也应该有个平衡，比如：男女比例需要平衡，城市和农村需要平衡，如果失衡，就会出现很多问题。现在有些地方的情况是，城市拥挤不堪，人满为患，而农村荒凉败落。

　　或许我的想法与世俗格格不入，但这确实是我的真实想法。三十年前，在家乡的人们死守土地的时候，我却一门心思想跳出农门求学和工作。那时农村太为拥挤，城市辽阔，我想在更加宽广的环境里实现更大的作为。三十年后，我的想法慢慢变了，由于城市给我的感觉是拥挤不堪，环境质量变差，而农村却显得空旷荒凉，逐渐被人遗忘，我觉得退休后在城市的作为不大了，那就回到农村去，会老有所为的。

　　我不止一次地对家人说，等我退居二线后就回到家乡去，把老屋修缮一下建成"攀强书屋"。房后种树，房前栽竹，庭院养花，地里种菜。闲暇时在屋中读书写作，在竹林悠闲漫步，在地里浇灌蔬菜，在花园观赏奇花，在房前的大河里（吕河）游泳，在房后的小河里（平定河）浴足，在农家小院与乡亲谈古论今。更重要的是，将我一生的藏书陈列于书屋，供家乡人借阅学习，代代相传，以答谢故乡的土地和父老乡亲的养育之恩，也为了和家乡人一道守住心中的家园。

（原载于 2013 年第 3 期《海外文摘》文学版）

乡愁，一杯千年的陈酿

中国有一个吉祥的地方叫安康，我的家乡就在安康一个风景秀丽的村庄。那里秦巴环抱，汉水流淌，气候湿润，鸟语花香。

十三岁那年，我就离开了家乡。三十年来，乡愁始终萦绕心头，好似一杯千年陈酿，回味无穷，情意绵长。

家乡的亲人总是让我魂牵梦萦，这种深深的思念和感动，净化着我的心灵，完善着我的人生，激发着我的创作热情。母亲虽然去世十六年了，但她的精神和灵魂影响了我的一生，教会了我如何做人。在父亲母亲临终前，由于工作繁忙，我都没有陪在他们身边，听听他们最后的遗言，以至于多少年来内心一直忏悔不已。正是这种不断地忏悔，改变了我对人生的看法，于是我在《让心灵不再忏悔》一文的结尾写道："原来我总认为人生除了工作之外其他什么都不重要，但随着时间的推移和年龄的增长，慢慢发现这样的认识是多么的浅薄。一个人既然来到这个世界上，对父母他是儿子，对妻子他是丈夫，对孩子他是父亲，对单位他是职工，对社会他是成员，他就必须为父母负责，为妻子负责，为孩子负责，为社会负责，这样的人生才能够称得上完美。"无限的乡愁，使我越来越感觉到："在我的人生道路上，乡亲们给我的太多太多，而我为乡亲们做的事情太少太少。我也想凭借自己的努力，哪怕是为家乡修一条路、打一口

井、建一座桥,也算为乡亲们尽一点绵薄之力,寻求一点心灵的慰藉。可是我仅仅能做到的是拿起手中的笔为家乡歌唱。"这些话语都是我在《乡亲啊!我拿什么还你?》一文中的肺腑之言,也是我对家乡的热爱和对父老乡亲无限感恩之情的真实写照。

对故乡山水的深厚感情,使我常常对故乡的一草一木、一景一物深深眷恋。每当想起故乡的小河、故乡的土地、故乡的大山,心中总会泛起层层涟漪。我常想,故乡山水是慰藉我心灵的地方,每次回到故乡,心灵就得到一次洗礼。不论什么时候,特别是在生活中遭遇挫折的时候,回到故乡,故乡的山还是那样灵秀,故乡的小河还是那样清澈,故乡的土地还是那样芬芳,故乡的伙伴还是那样热情,故乡的一切都是那样的淳朴自然,使我懂得许多人生哲理——其实自然才是美,朴实才是美。故乡以其博大的胸怀温暖了游子的身心,唤起我对故乡的热爱,鼓舞着我去追求人生的真善美。《故乡的小河》《故乡的老屋》《旬阳的山》《旬阳的水》《走进太极城》等散文,都表达了我对故乡山水的深厚感情。

最美丽的乡愁,还是对故乡往事的美好回忆。那些童年的故事,一幕幕浮现眼前,成为刻骨铭心的记忆。有了那些故事,我们的人生才有了滋味,我们的生活才有了情趣。

乡愁是对家乡的感情和思念,这种感情和思念,有时是淡淡的情愫,有时是隐隐的伤痛,有时却是声泪俱下,寸断肝肠。我的父亲是长安人,新中国成立前不得已离开家乡来到陕南,一生中他念念不忘长安,直到生命的最后一刻。因为长安是他的生命之根。于右任先生晚年身居台湾,心系大陆,情系故乡。他在逝世前写下遗歌三章:"葬我于高山之上兮,望我大陆;大陆不可见兮,只有痛哭!葬我于高山之上兮,望我故乡。故乡不可见兮,永不能忘!天苍苍,野茫茫,山之上,国有殇!"这是情激山河的千古绝唱!这是期盼中华民族炎黄儿女欢聚一堂的呼唤!爱国爱乡,情深意切,催人泪下,寸断肝肠,我们谁又不能为这样的乡愁感动呢?

（原载于 2011 年夏《群众艺术》,系作者在 2011 年 4 月 22 日第六届海内外华语文学笔会上的发言）

情系故乡

乡亲啊！我拿什么还你？

　　每次回家,看到故乡的山水,遇见故乡的人们,总有一种淡淡的愧疚涌上心头。

　　是故乡的山水滋润了我,是故乡的人们哺育了我,是故乡让我感受到人世间的亲情和温暖,是故乡带给我美好的回忆和永久的思念。

　　记得我的童年,最大的问题就是为饥饿困扰。我有一个"舅娘",对我很是关爱,每逢她家杀猪,我就蹲在她家灶前帮忙"添火",当"猪项圈"取下切成肉片炒熟后,"舅娘"首先舀满一大碗塞到我的手中,让我美美饱餐一顿,年年如此。其实"舅娘"与我没有什么亲戚关系,只是那个"舅舅"与我母亲同姓而已,加之是邻居,我就叫她舅娘了。我有一个三姨,对我"操心"胜过她的儿子,每个周末我从学校回家,三姨就会"背着"她的家人悄悄来到我家,给我拿来馒头、柿饼、核桃等吃货,同时还带来一些麦面粉让母亲给我做干粮,因为三姨家的日子比我家过得好些。还有一个善良的女人,我叫她爱姨,因为她的小名叫爱,每次我从学校回家,她都要让她的小儿来叫我,然后就是给我做好多好多好吃的。我最爱到她家了,因为她不仅人贤惠,而且饭菜做得好吃极了。

　　我考上中专了,最头痛的事就是没有衣穿和没有钱用。村上开经销店的那人名叫有余,我习惯叫他有余哥。当他听母亲说想为我缝制一件新棉袄时，主动把他舍不得用的那块绸缎面料和一捆棉花送给了母亲。村上还有一个人叫金钱，身体有病，家庭也很困难，当他得知开学后我因没有路费不能起程的情况后，回家把自己仅有的五元钱拿来交给了我的母亲。本来我想毕业后有了钱要还他的，只可惜他过早地离开人世，以至于至今无法偿还。还有一个李姨，我只知道她姓李，不知道她的名字。在我上学中途陷入困境之际，她主动借给母亲十五元钱资助我。在八十年代初期，那是一笔不小的数目。本来我也是想等有了钱还给她的，可惜她也早早地被病魔夺去了生命。记得有一个学期，我在安康农校用钱接济不上了，就给母亲写了一封信，几天之后"三哥"来到学校找我，送给我十元钱。"三哥"不是我的亲哥，是"拜给"母亲的干儿子。他看到那封信后就赶到了学校，实在是让人感动不已。诸如此类的事情很多很多，无法逐一列举。

参加工作后，由于工作繁忙，我很少回到故乡，担心乡情会疏远，人情会淡漠。但是，三件事情，使我对故乡的人们肃然起敬。

第一件事情发生在一九九四年冬季，母亲病故了，那时我离开故乡已经十四年了。十四年来，我没有为乡亲们做过什么事情，尤其是乡亲们的大事小事我根本没有出过力送过礼。我真担心他们是否会放下家事前来帮忙。但出乎意料的是，乡亲们都来了，他们分工编组，秩序井然地做好了安葬母亲的一切工作，根本没有让我费心劳神。特别令人感动的是，由于母亲死得突然，我回家仓促没有带钱，乡亲们竟然通过赊借等办法备齐了各种物品，没有延误母亲下葬的日期。

第二件事情发生在二○○四年秋季，大哥病逝了。大哥生前离开家乡二十多年，与乡亲们基本没有任何往来，加之大哥

的两个女儿当时正在外地读书,要把大哥安葬在故乡,谈何容易。无奈之下,我领着大哥长女硬着头皮挨家挨户上门请人。乡亲们看到大哥遗体回到家乡,纷纷前来探望,并主动留下帮忙。我想给前来帮忙的人们开出工钱,但他们严词拒绝,说乡里人讲的就是深情厚谊,那样就会把他们的人格贬低。我感到乡亲们人格的高尚,只能把感激留在心里。

第三件事情发生在二〇一〇年的冬季,父亲的坟塌了,我回到家乡为父亲迁坟。村上的长辈说需要请两班人起坟抬坟,每班八人加一个班头,共计需要请够十七人。但是,村上的精壮劳力都出外打工去了,算来算去人手不够。于是我抱着试一试的态度给我家院落的几个年轻人打了电话,没想到他们五人竟然从千里之外赶了回来。当时,留在村上的部分年轻人正为高速路拉运石料挣钱,听说每日能挣一千多元,人们都担心他们是否会来帮忙。我去请时,他们都满口答应,并说乡情是钱买不来的,钱是永远挣不完的,耽搁一两天没有什么。

在我人生成长的道路上,乡亲们给我的太多太多,而我为乡亲们做的事情太少太少。俗话说,滴水之恩,当涌泉相报。乡亲们给我的是涌泉之恩啊!我又将用什么来作为回报?

我也想通过辛勤工作,发奋努力,在仕途上有所作为,凭借自己的力量,哪怕是为家乡修一条路、打一口井、建一座桥,也算为乡亲尽一点绵薄之力,寻求一点心灵的慰藉。可是,我苦苦奋斗二十余年,竟连这一点点的事情也无法做到。到头来也只能拿起笔来为家乡歌唱,并把几十年来所写的那些文章留给故乡的人们和他们的子孙以作纪念。

（原载于 2011 年第 10 期《散文选刊》）

故乡变了

在县城参加劳模会,偶然遇见表叔,谈起家乡观音堂村今昔变化来,谁都收不住话匣子。

表叔是村党支部书记,因家乡发生巨变而被评为县劳模。听表叔说:家乡拉了电,盖起了一座座"小洋楼",还有了自己的客车……

去年腊月家母病故,我回到离别八年多的家乡。当时众乡亲百余人正热火朝天地在修筑一道拦河大坝,未及我张口,表叔他们就已把劳力安顿好,有条不紊地把母亲安葬了,继而又投入了修堤会战。

今春,母亲逝去百天,我又回到家乡观音堂,看到乡亲们起早贪黑,整天在去冬修筑的河堤大坝围成的百余亩良田里搞桑树带根扦插育苗,连片一大块,好不壮观!听表叔讲,今年光卖桑苗就可收入二十万元。

看到家乡人民的苦干劲,一颗激动的心涌动不已。表叔说,去年秋季县长引着一些"大领导"来到我们观音堂,现场参观百亩桑园建设,乡亲们为此自豪了好一阵子。其实我早就从旬阳一份"林特建园"典型材料上看到了家乡建百亩桑园的事。

变了,故乡变了。昔日乡亲们在土地上苦苦挣扎以求温饱的现象不存在了。如今的家乡人民在表叔等村干部的带领下,推广科学种田,不愁了吃;调整产业结构,坎边兴桑、河道种菜、

家中养畜,不愁了钱花。家乡的事迹还上了广播,见了报呢!

家乡确实变了!昔日农闲无聊,青年们一群一伙闲游、打扑克、玩麻将、无事生非的现象消失了。拂晓,少男少女们踏着晨露,哼着小曲,挑着菜担,一队队地拥向吕河集贸市场。农闲时节,成群结队的小伙子走出山旮旯,出外打工闹江湖。留在家里的大都变成了能人——有刚表叔办起了医疗站,建军、志兵等四家办起了经销店,勇娃买回了客车跑客运,有盼、有余办起了副食加工厂,有金开了个面粉加工坊,小雪办起了理发店。还有的三五成群地出去把山里人手里的鸡蛋、板栗、核桃等土特产挑到城里换回花花绿绿的票子。

变了,家乡人都出息了,家乡的事传遍了县里。今日家乡有说不完的故事,有看不够的景……

（原载于 1995 年 7 月 9 日《安康日报》）

走在回家的路上

"十一"未出远门，一则没钱，二则没车，三则不想去凑热闹。

我家所在的村子离吕河镇不远，听说县城的公交车通到了吕河，正好想去体验一下。妻子颇有兴趣，积极支持。

我们刚到公交站点，就有一辆从县城开往吕河的公交车驶来，我们急忙上了车。

虽然在城市常坐公交车，但是去乡下坐公交车还是第一次，感到十分新鲜。

车上坐的都是家乡的农民，自然有一种亲切的感觉。他们有的提着装满蔬菜的菜篮，有的背着大包小包的酱醋油盐，还有的竟然买的是面皮稀饭等早点，个个面带笑容，无所不谈。

我旁边坐着一个老婆婆，大约六七十岁，拄着拐杖，领着孙子，眼睛一直望着窗外对孙子指指点点。我后排坐的女人，指着汉江对岸施工地段问她男人："那里好像在打洞子？"男人说："是的，从吕河高速出口到县城的连接线已经动工，等连接线修好了，我们到县城就更快了。"

不知不觉走到吕河渡口。由于前两年吕河汉江大桥竣工通车，使桥下那些渡船失了业。看见横卧一江两岸的那些船只，使人不由得想起昔日吕河轮渡时，那种拥堵和混乱带给人们的无奈和辛酸。

41

　　过了大桥就到了"十天高速"引线。十天高速也是这两年才建成通车的,自从这条高速公路穿过我们村子后,村里人外出的更多了。

　　公交车到了吕河镇的牌楼村就是终点,虽然我家所在的敖家院村与牌楼村相邻,但是下车后要走回家中还有相当长的一段距离。

　　走到平定河边,我们不知如何走,因为那里正在施工。恰好有位和我们同坐公交车的中年农民走了过来,让我们跟着他走。我们越过障碍,下到河边,踩踏列石,爬上河岸,重新走上公路。

　　这个农民慈祥和蔼,对我们非常亲热。他说,修高速公路时工程车来回拉运砂石料,把这条老路压坏了。平定河上的那座桥也是年久失修。这次县上下了决心,将老桥挖掉,修座新桥,还要把老路重新整修,春节前就能竣工通行。他还说,现在太方便了,有公路,有高速,有大桥,公交车也能通到村上,从来没有想到会发展得这样快。他还问我是哪里人。我说,我家住在平定河与吕河的交汇口,那里原来叫中华村,现在并到了敖家院村。他说,他们村原来叫养马沟村,现在也并到了敖家院村。现在的敖家院村是由过去的五个村并成的,大得很,老百姓办事不方便。他问我贵姓,我说姓赵。他问我是不是叫赵攀强。我说是的。他说我是从农村走出去的文化人,是山里人的骄傲。听到这些话,我感到内疚和汗颜。走到养马沟口,他要进沟,我们分手了。事后我很后悔,谈了一路,我竟然没有问他的姓名,实在遗憾。

　　到家后,姐姐忙前忙后端茶倒水。房前屋后的邻居都来问候,热情邀请我们到他们家里去玩。四姨(和母亲同姓,并非亲姨)坐在我的身边说了她家里的许多事情。她说,二儿世平出外打工混出了名堂，成了老板，在西安买了房子。世平的两个儿子，一个在外当兵，一个考上了大学。三儿世根在外打工踏实肯干，老板非常喜欢。世根的儿子聪明伶俐，在外打工独当一面，也成了一个小老板，到处包活，干得红火。四姨说得很激动也很自豪。我也听得心里热乎乎的，一时竟然难以置信。

有臣是村里的组长，在过去应该是村主任，因为我们村现在是敖家院村的一个组。我在路上遇见他，他开的是自己买的高档越野车丰田霸道，很气派。他说回来咋不说一声，他可以接我送我。我说走路锻炼也好。

从农村考学走后三十年，我觉得自己不停奔忙，混得可以，可是回到家乡一看，顿生一种"井底之蛙"之感。

（原载于 2013 年 11 月 20 日《安康日报》）

情系故乡

冷清的故乡

清明三天假,我和妻子商量到西安电子科技大学看孩子,女儿说她学习生活得很好,让我们在家好好休息。我们又商议到汉滨区瀛湖镇去接岳父,老人想等清明过了之后再来。于是我们临时动议去趟吕河老家。

我们一边联系车辆,一边到街上买好火纸、清明吊、香和鞭炮,踏上了归途。

离开故乡许多年,显得有些陌生了,与儿时的故乡完全变了样。

乘车走到吕河渡口,江面上有一座吕河汉江大桥,过桥后是一条隧道,穿过隧道经过引线就上了十天高速公路,家乡的那个村庄正好被高速公路穿境而过。大桥、隧道、引线、高速的出现是近两年的事。原本封闭落后、出行困难的小山村,现在只需半个小时就能直达旬阳。

到了家乡,我和妻子先后到父亲、母亲和大哥的坟头上香、烧纸、挂清,顺便在村上走了一圈。偌大一个村庄,遍地油菜花黄和麦苗清香,吕河、平定河在村子里静静流淌,好一派田园风光!最惹眼的是家乡土地上那一座座小洋楼,使我深深地意识到,土坯墙石板房的时代已经成为遥远的回忆了。

可是有一点让我感到奇怪,走遍村子,几乎没有看见家乡的父老乡亲。各家各户不是关门上锁,就是屋内无人。按理说屋里没人，人就在地里，然而家乡的田野里根本就没人啊！

好不容易遇见一个在坡上拔草的人，我很想和她打个招呼，向她打听一下村上的情况，但是人家不认识我，我也不认识她。可能是外村嫁过来的媳妇吧。

无奈，我们乘车返回。途中看见有个儿时伙伴坐在路旁，于是我下车和他打招呼。原来他承包了一段村组道路工程，正在那里用水泥铺路。他说村上的劳力都到外边打工去了，除了逢年过节，村上就没有多少人了。

他的话使我想起了一些事情，这几年，我在县城经常遇见家乡的人，有的说在安康花园买了房，有的说在锦江大厦买了房，还有的说住在商贸街，小城如此，大城就更多了，他们都住到城里来了。

人的思想真的很有意思，记得二三十年前，我的目标是发奋学习，考上大学，住到城里；那时的村上人视土地为生命，他们的目标是世世代代守住家园，经营家园。二三十年后的今天，我厌倦了城市生活，很想晚年住到农村去，享受田园生活；可是现在的村上人却羡慕起城市生活来，不住地拥向城市。

农民进城是时代的发展，历史的潮流，社会的进步，值得肯定。然而，走得太多太急，势必造成城市的拥挤和农村的荒芜，只可惜了那美好的田园风光，谁去欣赏？

（原载于 2012 年 4 月 2 日《中国散文网》）

情系故乡

45

留住乡愁

　　故乡在慢慢消失，这不光是我的感觉，而是活生生的现实。

　　我曾在文学刊物上读过《消失的故乡》一文，还在媒体上看到"故乡沦陷"的话题，看来各地的乡村也都出了点问题。

　　故乡，多么美好的地方啊！那里有我们对亲人的牵挂，对故土的眷恋，对童年的向往。那里是可以安放游子灵魂的地方，那里是能够储存人们美好记忆的地方。留住那份乡愁，多好啊！

　　可是，目前的故乡越来越没有原来的样子了。有人把这个责任推给了"城乡一体化"，我却要为"城乡一体化"正名。其实，"城乡一体化"并不是要求我们在新农村建设中，处处都要向城市看齐，将乡村建设的像城市那样繁荣发达，到处高楼林立，街道笔直，河流改道，村庄变形。

　　我认为"城乡一体化"应该是：不断提高农村生活水平，让农村人过上和城市人一样的生活；不断提高农村现代化程度，让农村人享受和城市人一样的现代文明；不断提高农民的整体素质和文明程度，让农民的生存理念、生活习惯和行为方式达到市民的水平。

　　那种模仿城市，统一式样，连片建房，整体搬迁，集中安置的做法，看似气势宏大，为民造福，其实遗留问题甚多，到头来只会使乡村形成"城市不像城市，乡村不像乡村"的怪样子。

我觉得乡村要有乡村的样子,我们的新农村建设,应该是因地制宜,因村而异,保留村庄原始风貌,保护那些传统院落,留住那里的奇山秀水、花草树木和名胜古迹,使那里的山更绿,水更清,天更蓝,人更美。正如中央城镇化工作会议明确要求的那样,"体现尊重自然、顺应自然、天人合一的理念""望得见山、看得见水、记得住乡愁""慎砍树、不填湖、少拆房"……

如果我们的新农村建设者都能按照这样的理念和思维去思考问题和开展工作,那么乡愁就能留得住。但愿明天,当我们在喧嚣的闹市,身心疲惫、郁闷纠结的时候,可以投入故乡的怀抱,闻闻故乡泥土的芳香,听听故乡小河的吟唱,叙叙亲人久别重逢的家常,寻回心灵最温暖的那一缕灯光。

(原载于 2014 年 2 月 18 日《中国散文网》)

情系故乡

陌生的家乡地名

中秋节放假,想回老家,虽然父母不在人世,老家也没有牵挂,但还是想回去看看它。

所幸的是老家离县城不远,近年又开通了公交车,说去就能去,说回就能回,方便得很。

由于是节假日,车上人多,先上车的坐着,后上车的站着。满车子的人,都是家乡人,但是我却不认识他们,他们也不认识我。看来童年的家乡是越来越远了。

售票员开始卖票,问我到哪里。我说来家垭。售票员投来惊异的目光,摇头说不知是哪里。来家垭是老家的小地名,祖祖辈辈都这样叫它,历史悠久,名气很大,为什么满车的人竟然不知道呢?

我又说观音堂,售票员还是摇头,车上人也不知道。若说人们不知道来家垭情有可原,可是不知道观音堂就不可思议了。因为我们村自古以来都叫观音堂村,观音堂在吕河镇境内是个响当当的地名,怎么说遗忘就遗忘了呢?

我再说敖家院。售票员说敖家院这么大,到底是在那一块?我无言了,自从我们村并入敖家院后,听说敖家院是由原来的五个村合并而成,大得很,说敖家院只是一个大概念,很模糊,肯定说不清老家究竟在哪里。

最后我说中华村,并解释说我们村曾经叫过中华村,这个地名很气派,售票员还是不停地摇头。

我急了,我急自己说不清自己是哪里人;我急坐车连票都不知如何买;我急满车子的人好像遇着"怪物"一样望着我。售票员急中生智,问我家离皂素厂有多远。我如释重负,说我家就住在皂素厂跟前。售票员说,那个地方就叫皂素厂,以后买票就买皂素厂。

我们村是个古老的村庄,千百年来人们叫它观音堂村,观音堂村有个古老的小地名,人们称它来家垭,来家垭因过去住着来姓人家而得名。不论是来家垭,还是观音堂,无不见证着这片土地悠久的历史、传统的文化、古老的传奇。我经常为自己住在来家垭,属于观音堂而自豪。我一直构思着在退居二线之后要写一部关于来家垭和观音堂的长篇小说,反映陕南农村的发展变化和汉水文化的精髓。因为那里有太多的人物,有太多的故事,还有那山水的清幽和浓浓的乡情。我也想退休后回到老家去住,与那里的山水、田园和儿时的伙伴共享晚年。

可是,不知是人们的多事,或者真是出于某种需要,硬是要把一个好端端的来家垭和观音堂,先是改为中华村,再是变为敖家院,现在定名皂素厂。

提起这个皂素厂我就要生气。多好的村庄啊!两条河流(坝河、平定河)过村环绕,四面青山(卧牛山、南黑山、太阳山、刘家山)围村环抱,千亩良田镶嵌中间,一派山水田园景色令人陶醉。自从建起这个皂素厂,土地占用了,公路弯曲了,河流污染了,风景破坏了。我常常在心里说,皂素厂是我们村子最大的败笔。我最讨厌的是那个皂素厂,现在它竟然要成为老家的代名词,怎能不让人感到失落呢!

(原载于 2014 年 9 月 7 日《中国散文网》)

生活也要留白

绘画艺术讲究留白，假若一幅画上全是墨彩，没有留白，这幅画就不美。

封面设计也讲究留白，假如一本刊物的封面全是图案，没有留白，这个封面就索然无味。

艺术来源于生活，既然作品讲究留白，那么派生作品的生活肯定需要留白，不然艺术之美就无从谈起。

我见到一个城市叫大连，很美！它美就美在留白。空旷的广场，绿茵的草地，浩渺的大海，一切显得那样自然和谐，让人感到轻松愉悦。

我还见到一些地方，很糟！它糟就糟在没有留白。小小一个县城，到处都是房子，没有绿地，没有空间，拥挤不堪，一切都显得那样别扭和难受，让人不由得不心情沉重。

有些村庄，要山有山，要水有水，要林有林，要地有地，空寂自然，美轮美奂，多好！可是，人们硬要开山截水、毁林占地，建起无限多的房子，使乡村拥挤得像城市，顿失乡村固有的那种自然之美。

人人爱美，建房可能是人们追求美好生活的一种方式，但是千万要懂得留白。不然，只会是美了自己，害了别人，给人类留下无限遗憾。

生活应该分为社会的大生活及个体的小生活，上述说的是社会大生活中需要留白,其实,个体小生活中也应该留白。

一个人的生活,如果每天都安排得满满的,始终绷紧一根弦,时间长了,不病才怪。

所以,人们的生活也要留下一些空白的时间,比如:散步的时间、阅读的时间、交友的时间、独处的时间。也就是说留点自己可以自由支配的时间,去干些自己喜欢干的事情。只有这样做了,才能张弛有度,劳逸结合,独立思考,也才能够不断提升自己的生活质量。

我是一个不懂生活留白的人,现在觉得那样不好。我希望我以后的生活能够留白,也希望朋友们的生活能够留白,果真如此,我们的生活将会过得更好!

(原载于 2015 年 3 月 2 日《中国散文网》)

情系故乡

中秋听雨

又到了晚上十点，窗外的雨点声很密集很响亮，这秋雨已经下了三天多了。今天下午从古城西安回来，看见河里的水涨得很大了。

如果是朗朗晴日，今晚我们定会坐在楼顶赏月。但是今日下了一天的雨，夜间还是大雨，天上的月亮躲雨去了。夜空出奇地黑，格外地静，只有对面另一座高楼上的几扇窗户还亮着朦胧的灯光，透过夜空向我的窗前飘来，除此之外就是那滴滴答答的雨点声充斥着整个夜空。

不知从什么时候开始的，我对秋雨生了心悸的感觉，尤其是连阴雨时，这种感觉越发明显而强烈。由于陪妻子到西安看病，同时到西安电子科技大学看望女儿，加之昨天淋了些雨，今天又坐了四个多小时的长途汽车，下午两点多钟回来就感觉身体不适，晚饭也不想吃，心情也似这秋雨一样的潮湿。

坐在窗前翻开书本，看了几页就不想看了，原因是这秋雨。我的书房窗外是阳台，阳台外面是汽车站的停车场，雨点在房屋、车棚、玻璃窗、空油桶、积水上的敲击声混合在一起，抑扬顿挫，悦耳动听，形成一曲雨夜交响乐，书肯定是看不进去了。

去睡觉吧，却又睡不着，无奈还是打开书房的台灯，静静地坐在窗前，双眼望着窗外，看雨，听雨。其实看是看不到的，主要是听雨。看着，听着，思想又抛了锚，不是想这，就是想那。

最让人揪心的还是害怕河里涨水。去年大水淹没县城的一幕幕又浮现眼前。群众的损失太大了，干部和武警官兵抗洪救灾实在是太辛苦了。

今天乘坐西高客到旬阳后，我就问当地的出租车司机："这几天旬阳也在下雨吗？"司机说近三天旬阳一直下雨。我觉得这雨下得时间长了些。下午又收到手机短信，预报未来三天旬阳还是有雨，而且是中到大雨，有些地方还是暴雨。我不由得心情紧张而沉闷起来，这秋雨怎么就这样不停地下呢？现在正是旬阳的烤烟烘烤和收购季节，好多烟农心中一定和我一样愁啊！今天乘车途经小河到县城一带，沿途山体多处出现滚石以及轻微泥石流，那些地方的百姓比我的心还急呀！我看到汉江的水涨了，旬河的水也涨了，再下雨的话水还会再涨，沿途的吕河、县城、蜀河等城镇的无数居民和我一样肯定是睡不好觉了！

我想，不管是我们的农民、居民，还是干部，都会希望明天的天会晴起来。可是"天要下雨，娘要嫁人"，谁又奈何得了呢？

十一点多了，雨还在不停地下。睡吧，明天还要上班，全县的防汛工作需要我们每个干部保持良好的精神状态呢！

（原载于 2011 年 9 月 13 日《书巢中文网》）

情系故乡

今夜秋雨愁难眠

晚上十点了，与往常一样，我合上书页，静静地躺在床上准备睡去。

或许是夜深人静的缘故吧，下了一天的秋雨好像越下越大了，密集的雨点在窗外物体上的敲击声格外清脆和响亮，将我的睡意驱散无余。

我还是安静地躺在床上，思绪却飘游出去。关于陕南下雨的许多往事又一幕幕浮现眼前。

记得有一年，秋雨连绵，眼看成熟了的十万亩烟田，因烟叶无法采收烘烤而烂在地里。作为以烤烟为主导产业的旬阳农民，一场秋雨毁了他们一年的希望，他们的伤痛和泪水至今还留在心间。今天是 9 月 6 日，上午县政府刚刚开过烟叶收购会议，都说今年的烤烟丰收在望。我多么希望这秋雨给大地送来一丝凉意就匆匆离去，让我们的烟农烤出好烟，卖个好价钱，过个欢欢乐乐的新年！

记得有一年国庆节长假，由于汛期已过，我们放心地回到各自的家园。不料老天却下起了秋雨，一连好多天。值班人员打来电话，说涨水了。我们都不以为然，因为在旬阳历史上的十月还没有发大水的记载。过了一天，值班人员又打来电话，说水大了。这时我不敢马虎了，急忙乘车赶回旬阳。可是县城在哪里呢？一眼望去，一片汪洋，老城被淹了，新城也被淹了，公路、街道、桥梁都在水下看不见了。洪水消退之后，我们走上街头，清淤泥，冲街道，看到那些居民们目光呆滞，神情沮丧，我们的心也极不好受。现在才是九月，还在主汛期，我多么希望这秋雨少下一点，避免我们的居民们再次经受搬家和损失之苦。

还记得有一年，旬阳大雨，境内桐木乡涌泉村山体滑塌，一个组的十几户人家被巨大的泥石流掩埋，死伤无数，惨重的创伤在村民的心中至今难以抹去。我多么希望这秋雨善良一些，不要再给我们的人民带来伤痛。

我们陕南安康，山大沟深，土地瘠薄，古时就是毒蛇猛兽出没，洪涝灾害为患的地方，被称为荒蛮之地。这里的人们向往安宁康泰的美好生活，所以给这里起名为安康。自然这是远古的事情了，现在的安康已今非昔比，经济发展了，交通发达了，百姓富足了。但是，受自然条件的制约，这里还是天干就旱，下雨就涝，自然灾害频发，给人们的生产生活造成极大威胁。

我生在这里长在这里，和这里的人民一样，饱受了自然灾害之苦，特别是洪涝灾害之苦。我记不清这里的洪水淹过城市多少次，记不清这里的山体滑塌多少次，记不清这里的道路阻塞多少次，更记不清这里的人民痛哭了多少次。

可是这里的人们像爱自己的母亲一样热爱自己的家园。他们的勤劳，他们的善良，他们与自然做斗争的精神，无不令人肃然起敬！我经常有这样一种自豪感：我们这里的山水是世界上最美的山水，我们这里的环境是世界上最优的环境，我们这里的百姓是世界上最好的百姓！

秋雨还在滴滴答答地下，故乡的老屋可能还在漏雨吧。想起了老屋就想起了我的童年，想起了童年就想起了母亲在老屋遮风挡雨的一生。现在父母不在人世了，哥哥姐姐都已离家，老屋孤零零地待在故乡，已有多年。所幸的是，现在的危房改造工程已经解决了农村困难户的住房问题,再也没有我家老屋那样的危房了吧？再也没有人住在漏雨的房子里了吧？

（原载于 2011 年 9 月 7 日《中国散文网》）

故乡夜谈

随着年龄的增长,越来越眷恋故乡。对童年生活的向往,对父老乡亲的想念,对故乡山水的渴望,竟是那样地魂牵梦萦。

离开故乡三十年,故乡的人们还是过去那样封闭落后、思想保守、日出日落、浑然度日吗?

近些年,我有事无事总爱回到故乡去,所见所闻,令人感慨万千。

记得有次回乡,月光的银辉弥漫故乡的夜空,洒落在农家小院的角角落落。姐夫家的后院,围着父老乡亲三十余人,他们是专门和我闲聊来的。有人说,新中国成立以来我们村子出了两个"人物":一个是金耀,一个是攀强。有人附和着,是的,是的。金耀单身外出务工,靠着家乡人的那种吃苦耐劳、顽强打拼的精神一路走来,成为建筑集团公司总经理,资产丰厚,是村子里的首富,应该排名第一。有人持不同意见,说攀强靠着勤奋好学、不懈追求的精神,先后考上中专、大学,不仅走上领导岗位,而且成为有名的作家,是村里人的骄傲,应该排名第一。他们争论不休,气氛热烈。最后德高望重的表叔发言了,他说村里人过去没有追求,现在以两个"人物"为榜样,有了追求。人们学习金耀是物质追求,学习攀强是精神追求,精神高于物质,应该将攀强排名第一,金耀排名第二。大家想了想,点点头,认为表叔说得有道理。

情系故乡

听着乡亲们谈论的话题，勾起我对往事的无限回忆。在我幼小的心灵里，村里人对文化是那样不重视。那时，不管男孩女孩，父母是不让多读书的。多数孩子上完小学就要回家帮父母干活，能够上完初中者不多，上高中者更是寥寥无几。我家却是个例外，母亲有眼光，让大哥、二哥上了高中，支持我考上大学。由于家里很穷，经常被别人瞧不起，好心人劝母亲："学好数理化，照样攥锄头把。让孩子们回家帮忙干活吧，免得受穷受气。"母亲不以为然。不知是从什么时候开始的，村里人思想观念发生了变化，逐渐认识到了知识的重要。他们经常拿我作榜样，教育孩子要好好学习，并在教育孩子上舍得投入。有的还把孩子转到城里上学，家长在城里租房照顾。他们常说："自己没文化，千万不能再让孩子没文化。"由于人人重视了学习，村里的大学生、高中生多了起来。

在我的记忆中，村里人信奉"守土有责"。他们认为农民就应该守在农村种地，外出乱跑那是不务正业。用现在的话说，就是思想封闭保守，缺乏开拓创新精神。也不知是从什么时候开始的，乡亲们的思想观念发生了根本转变。他们觉得外出闯荡能够开阔眼界，创造财富，并经常拿金耀作榜样教育子女，鼓励孩子外出务工。又一次回家，父老乡亲又对我讲了村里发生的好多事情，说村上出外的人很有出息，有的财富超过了金耀，有的正在赶上金耀，当上老板和包工头的人也不在少数。扳着指头一一给我数着，兴奋和自豪之情溢于言表。

那天在美华大酒店遇见平娃，没想到他竟然成了建筑老板，还在西安买了房子，并落户西安。平娃大名叫张世平，比我小一岁，是我家邻居，也是小时候的玩耍伙伴。在我心里，平娃学习不好，好像初中没有毕业，人也比较老实憨厚，人生的命运肯定是当一辈子农民。但是平娃却成了老板和"西安人"。有天遇见表叔，他说村里好多人都住到了城里，他也住进了城里。过去那种城乡差别的影子，在我的脑海里慢慢逝去。

人们思想观念和行为方式的变化，带来了乡村面貌翻天覆地的变化。目前，我们村子通了高压电、高速路，公交车开到了家门口，家家用上了自来水，户户住上了"小洋楼"，要粮有粮，要钱有钱，物质富有，精神愉悦。父老乡亲有了从未有过的优越感和自豪感。我也渴望回到故乡去，在那生我养我的地方好好享受人世间的美好和生活的甜蜜。

（原载于 2013 年第 3 期《瀛湖》）

情系故乡

清明故乡行

　　不得不佩服华夏祖先总结的农历二十四节气实在太伟大，也不得不佩服古人写出的美文佳句实在太精彩。一个"清明"节气，神州大地神奇般地清了，明了，花红草绿，处处清新。一句"清明时节雨纷纷"，天空飘起春雨，万物滋润，泥土伴随着草香，弥漫人间。

　　今年清明，我照例回到故乡去挂清。当地风俗，清明节当天不能挂清，于是提前一天回去。虽然雨后天晴，但油菜花和绿树叶上的水珠晶莹剔透，摇摇欲落，让人不忍心去碰。

　　到母亲坟前挂好清明吊，烧了一些纸，身上的衣裤已经湿漉漉的了。姐夫说，父亲和大哥的坟地太远，小路两边的油菜长得太深太挤，加之刚刚下雨，道路泥泞，走不过去，等太阳出来把露水和泥巴晒干，他再去弄好了。

　　于是我们站在院子聊天。这时，我看到了张波、洲娃、有记等一帮年轻人。搁在往年，他们春节一过就要到外地打工，可是今年待在家里干什么？心中不免纳闷。经过询问，才知道今年村上的劳力基本没有出去，就连我的侄儿和外甥他们也闲在家中。他们告诉我，现在外边没有工程，找不到活，急死人了。

　　我更纳闷了，不是说各地都在发展，怎么就没有活了？过去村上人主要靠外出务工挣钱，目前出不去了，挣不到钱了。村里土地少得可怜，人均不足一亩，就是这点土地还被移民安置点、高速路、皂素厂等占去了一些。村上人们闲了干什么？今后的生活靠什么？

我看到一个人蹲在门前吃饭，他是我儿时的伙伴，几年都没见面了，这次有幸见到了。有人对我说，他现在没弄啥，闲了整天打牌，人也发胖了。我站在公路这头望见他，确实比以前胖多了。

在大舅家门口的院坝，搭起一个帆布棚，棚内一男一女在那里弹棉花。大舅说，他家正在请那两人给弹被套。姐姐说，她家还要弹几床。洲娃说，他家也要弹几床。聊着聊着我就和那两人聊起来。他们说，他们是河南人，来陕南以走村串户弹棉花为生，生意很好，来这个村子已经好多天了，还有好多人找他们弹。夫妻俩很自信很健谈。

我站在院坝边陷入沉思，村里人闲在家里无事可干，外地人却来到村里忙得不亦乐乎，形成鲜明的对比。我想，在目前外边"无活可干"的现实面前，村里人应该调整思路了，学学河南人，学得一技之长，靠手艺挣钱，不是也很好吗？

我想告诉村上人，适应社会，面对现实，千万不能回到过去那种"闲来无事就打牌"的老路上去，要学得一技去干事啊！

（原载于 2015 年 4 月 4 日《中国散文网》）

情系故乡

一年打工路一把辛酸泪

在车上遇见他。我是元旦放假回家,他是外出打工回家。

我们是同根而生,血脉相依。他望见我,木讷中显得激动;我看见他,惊喜中闪过惆怅。

他明显苍老多了,从爬满皱纹的脸和黯淡无光的眼神,我断定他一年来打工生活并不容易。

他主动对我说,身体越来越不中用了,眼睛也越来越不行了,看书看人都很模糊,做重活整天腰酸背疼。

我问他今年打工情况咋样。他说现在活路越来越少,钱也越来越难挣了。一年来他先后转过七八家工地做活,活路不仅小,而且少,不少时间都是闲在工地等活,因此挣的钱比往年少多了。他说,往年一年能挣六七万元,今年只能挣到三万多元。我看见他说话时的神情很是忧虑。

我问他今年打工的钱都要完了没有。他说现在打工活难找,钱也难要,上半年只挣到一万元,要钱就要了一个多月,时间都耽搁在这上面了。下半年好些,挣了两万多元,但是还有三个地方的钱没要回来,一家欠了近一万元,另一家欠了四千多元,还有一家欠了三千多元。这次回家把有些事情安排好后再出去要钱。从他的言谈中,我感觉出了一个打工者的辛酸和无奈。

我问他今年我们组出去打工的人多不多。他说一百多户人家中除过两三户没有出去外,其余劳力都出去了。有的人家男人、女人和孩子都出去了。不是逢年过节村上平时就没有多少人了。他还说,现在外边工程少,没有活,好多人中途就回家了,还有一些人前不久也陆续都回来了。他回来的是比较晚的,主要是想帮他们把钱要回来,但是老板说手头没有钱。

回到老家,院子外出打工的人都回来了,搁在往年他们都要等到年关才能回来,今年却提前一个多月就回来了。他们谈起在外打工的情况,都很伤感,都很忧郁,更让他们担心的是,明年打工的活路又在哪里。

（原载于 2015 年 1 月 1 日《中国散文网》）

情系故乡

童年的水磨坊

在我童年的记忆里,陕南家乡有一座水磨坊,它在老屋后山下的平定河对岸。

提起水磨坊,我先想到石磨坊。那时村里家家户户都有石磨,我家也有一盘磨,一年四季都要推磨。我们兄弟三人抱着磨杠周而复始地一圈又一圈转圆圈,面粉或玉米糁顺着磨口无声地撒下。倘若奢侈一次,是磨豆腐,那时,磨口则是无声惜细流。这种原始而辛劳的活计让我们始而新鲜,继之觉得枯燥乏味,耳鸣眼花,精神懈怠。我时常对母亲说,我不想推石磨了,把粮食送到相邻的水磨坊去磨岂不更好?母亲苦笑着说,水磨要钱,石磨不要钱嘛!母亲在旁边筛罗之余,似乎看穿了我们的心思。她主动加入到我们抱磨杠的行列里。看到她年老而佝偻的身躯,我们仨金刚小伙子说什么也不答应,拼尽力气更加使劲干完活计。劳动过后,身心的舒畅,让我们整周的校园生活都处于积极向上和奋发拼搏的状态,我们的学习成绩奇迹般地遥遥领先,名列前茅。始信父母是孩子一生最好的榜样,是孩子成长的第一任教师。

后来,生产队盖起了水磨坊,代替了原始而笨拙的手工劳作。石墙瓦屋,两间房子,一条堰渠直通屋里,水力冲击着转轮,皮带联动面粉机,轰鸣之声隆隆弥漫天空。随着农村家庭联产承包制的实施,许多家庭经济状况逐渐好转,有人就把粮食送到水磨坊去加工。再后来,村里人也都放弃石磨,纷纷拥向水磨坊。从此,水磨坊人满为患,拥挤不堪,就这样持续了好多年。

水磨坊堰渠接水口位于平定河上游两个村子交界处,堰渠两旁是菜园和稻田。我喜欢在堰渠旁的人行道上行走,看流水在渠中翻涌,看鱼儿在水中游弋,看水草在渠边摇曳。人知鱼之乐,鱼儿更快乐。

堰渠观鱼,久而久之就熟悉了那些鱼儿的名字,黄辣丁、鲤鱼、鳊鱼、白鲢、鲫鱼、泥鳅、红尾巴等等,形态各异,品种繁多。

我时常望鱼生叹,因为水流湍急,无法捉鱼。之后,我发现了一个秘密,堰渠距水磨坊不远处有两扇水闸,一扇叫正闸,位于堰渠正中;一扇叫侧闸,位于堰渠外侧。侧闸关闭,正闸打开,渠水流入磨坊水槽,开始工作;反之,正闸关闭,侧闸打开,渠水流入侧渠,停止工作。

那时还是大集体,水磨坊是队办企业,在水磨坊工作的那人姓刘,是我的一个表叔。他像现在的干部一样,有正常的上下班时间。我喜欢刘叔上班,他一上班就要关闭侧闸。侧闸一关,侧渠断流,成群的鱼儿突然离开流水,腾空跳跃,上下翻飞,真是惊心动魄的一幕。每每此时,正是我大显身手的时候,不管是大鱼小鱼,也不管是白鱼黑鱼,更不管它落在哪里,我都能将其悉数捕住,美美地大吃一顿。

由于表叔早上上班的时间太早,我基本都在睡懒觉,所以我每天到水磨坊的时间是在表叔下午两点上班之前。这时不仅能关闸捉鱼,还能下河洗澡。记得有天下午,表叔上班,我大肆捕捉,用柳条串起全是一拃长的白鲢,白鲢在阳光下泛起雪白的鳞光。然后我躺在关了水的侧渠中央,两手抓住渠沿,仰面朝天,尽情享受日光的沐浴和胜利的喜悦。

需要说明的是，这条侧渠只修一半，另一半直通河滩，形成一米多高的落差，放水时飞流落下，冲击出一眼深潭。这天，静如处子的平定河对岸有位姑娘在河边洗衣服，我不停地偷眼瞅她，觉得她浣衣的姿势和清秀的面庞真是太美了。谁有幸娶到她，不知该是多么幸福的事！我总是坏坏地吹吹口哨，不知是水流声太大，还是注意力高度集中，她好像没有听见似的，始终没有抬头望望对面的我。

不知是什么原因，那天没到下班时间刘叔突然开闸放水，巨大的洪流劈头盖脸向我扑来，一瞬间我像断线的风筝，又像一截木头被激流卷起摔进深潭。对岸那位姐姐箭步如飞般奔扑过来，大声呼喊，救我上岸。醒来时，发现腿脚被乱石碰撞得血肉模糊，身上疼痛难忍。那位姐姐背我回家，跟母亲一道为我擦洗涂药。后来这位姐姐嫁给我的大哥，居然成为我的大嫂，真是命中有缘。

有天，我约了同伴前去捉鱼，不巧正是表叔休息时间，我们等得有点不耐烦。同伴说，我们自己关闸，岂不省事。出于初生牛犊不怕虎的勇气，也出于报复的思想意识作祟，我同意了同伴的意见。我们两人合力把正闸拉开，随即再把侧闸放下，霎时，滚滚激流像离弦之箭横冲直撞扑进屋子，机器声震天巨响。表叔像发疯似的从家中大喊大叫飞奔而来，父亲也被惊动，气喘吁吁地跑来。我们知道闯了大祸，转身逃跑，但是跑得了和尚跑不了庙，最终还是没有好吃的果子，我们受到了严厉的惩罚。

村上通电那一年，有人买回新的电动机、面粉机和打米机，在我家房子公路边办起了电磨坊。由于电磨坊加工粮食既好又快又便宜，村上人朝这里纷纷拥来。水磨坊随之被人遗忘。后来闲置的水磨坊被拆卖了，剩一堆石头在那里。水磨坊承载的不仅仅是历史和文化,还有老家乡亲的情感。而它说消失就这么瞬间消失了,偶然想起,总有一丝丝怅然若失的滋味袭上心头。

如今,村里有了电磨坊,农村进入了电气化时代,但是我们不能嫌弃石磨和水磨。它们已逐渐演变为遥远的记忆,成为我们常常回味的一段乡愁。石磨和水磨都是一定历史阶段的产物,它们依次见证着时代的进步和社会的发展,在不同的时期发挥过不同的作用,值得我们深深地怀念和久久地留恋。

(原载于 2015 年 10 月 1 日澳门《华侨报》)

情系故乡

第二辑 难忘亲情

母亲坟头的诉说

母亲，我来了。明天就是清明节，我来为你祭奠，不然，我的心灵将永远难安。

几天前的一个夜晚，你在梦中对我说，你的双脚很冷很冷。我想，大概是你的被子太薄了吧。

二十年前，你就睡在了这个冰冷的地方，当时，你身上盖的被子确实很薄很薄。

本来，我要为你制作一副柏木棺材，为你盖上一床厚厚的棉被，只因当时的贫穷，留下了心中的遗憾。

母亲啊！记得无数个夜晚，你陪我在煤油灯下读书，为我缝补磨破的鞋袜衣裤。夜深人静的时候，你总是在我熟睡之后，才去歇息。每晚，你都要三四次地起来，捡起被我蹬掉的棉被，重新为我掖好掀开的被角。现在，我多么想为你盖一次棉被，让你也在一天辛劳之后安静地休息。只可惜，你那么早地离我而去。

母亲啊！记得无数个凌晨，我还在昏昏大睡，你却悄悄起来燃起灶火为我做饭，然后，送我涉过小河，翻过崎岖的卧牛山尖，直到东方泛白，你才停住脚步，目送我一步步走向求知的学堂。现在，我多么想开着小车，让你在宽阔平坦的大道上游一回旬阳，看看我目前工作的地方。可是啊！我只能望着你的坟茔无声叹息。

母亲啊！你一生辛劳，家中的房子总是冬日进风雨天漏雨。看见你拿着油布东堵西塞为我遮风，看见你披着蓑衣搭梯上房为我挡雨，我多么想发奋苦读，快快长大，凭自己的努力让你住进宽敞明亮的楼房。只可惜，我苦苦奋斗多年，直到你走时，也没有能力购置属于自己的安居之所。现在，我多么想将你接来我家居住，让你好好享受一下人生的幸福。可是啊！我只能在梦中与你相聚。

母亲啊！每天晚上，听见你那撕心裂肺的咳喘声，我的心阵阵作痛。我知道，这都是家庭贫困和生活重压造成的结果。我多么想快些毕业，多多挣钱，然后让你住进最好的医院，为你请来最好的医生，尽快治好你的疾病。只可惜，我初期的人生与你一样举步维艰，以至于你实在等不及了悄悄地去了。现在，我多么想用我的积蓄为你检查治疗。可是啊！我只能跪在你的坟头为你焚烧纸钱。

母亲啊！在你人生的最后一段时间，你是那样的孤独。你是多么希望我能守在你的身边，陪你说说话，为你宽宽心。可是啊！当时的我初入社会，总想尽力在工作上干出成绩，忽略了人世间的亲情和孝义，以至于在你离开之时竟然没有赶上与你送别。现在，我多么想待在你的身旁，向你诉说我奋斗的足迹和心灵的创伤。可是啊！我只能触景生情暗自忧伤。

母亲啊！我的人生留下了这么多的无奈和遗憾，就是今天烧掉上万元的纸钱也不能让你睁开双眼。

劝慰天下的子女们啊！在人生的道路上，不论何时何地，不论遇到任何情况，千万不要忘记自己的娘亲，千万不要留下人生的遗憾。

（原载于 2014 年第 9 期《散文选刊》）

让心灵不再忏悔

多少年过去了，我的内心一直忏悔不已。

父亲去世时，我在外地求学，因怕影响学业，没有回家为他送葬。等到学校放假，望着父亲坟头杂草丛生，心中怅然若失。想起父亲一生颠沛流离，没有过上一天好日子，就连老人家弥留之际，我也没能陪在身边，几多忏悔从此留在心头。

母亲病重时，我正在某个村庄，为了完成一项重要的工作任务，我没有请假回家照顾母亲。当得知母亲病危急忙赶回家时，母亲已亡故三日了。为母亲送葬那日，我泪如泉涌，痛不欲生。但这又怎能弥补心灵深处的愧疚呢？母亲一生辛苦劳碌，患了严重的肺气肿，我悔恨自己没能好好为母亲治病；母亲生前对我疼爱有加，为我的学习、工作和生活操碎了心，我悔恨自己没能抽出太多时间陪陪母亲。听姐姐说，母亲离去时不停地唤我，她有好多话要对我说，有好多事要对我交代，但是，千呼万唤不见来，最后母亲带着无奈和遗憾撒手人寰，我为没能请假回家看母亲最后一眼而悔恨终生。

父亲、母亲的相继去世，对我打击很大。我总觉得没有尽到孝道而无法原谅自己，时常谴责自己是个不孝之子。每逢清明和春节，我的内心就非常难受。无数次，我跪在父母坟头忏悔；无数次，我在梦中向父母赔罪；无数次，我在内心问自己怎样才能找回失去的忠孝，让心灵不再忏悔。

难忘亲情

以往的过错已经无法挽回，只有在今后的人生中设法弥补。

　　听说大哥有病住院，我急忙前去看他。医生说大哥患的是食道癌，手术的保险系数不是很大。大嫂惊吓得六神无主，哭成了泪人。我断然决定为大哥手术，并在手术报告单上签了字。出院后，大哥精神好转，并奇迹般地又活了三年多的时间。在这三年里，我有空就去看他，时常陪他说话，兄弟之间情深意切。大哥去世要回老家安葬，那时大哥离开老家已经多年，与老家的人基本没有人际往来，加之大哥只有两个女儿，且都在外地读书，于是我就担当起安葬大哥的重任。我带着大哥长女挨家挨户磕头请人，又里里外外不停奔忙。安葬了大哥，客人们都走了，我一次又一次地把砖块用背笼背到坟地为大哥"圆坟"。经历了大哥这些事后，我的心里才有了一点踏实的感觉。

　　那天，听说岳母病得很是厉害，我急忙将她接到市人民医院检查，诊断结果为胆总管癌。我和妻子的兄弟姐妹私下商议，必须让岳母住院手术，费用公摊。期间，岳母病情加重，需要转院继续治疗。想转西安医院，专业人士建议不要去，说这种病那里也没有办法。另外岳母也死活不愿去西安。我联系市中心医院，人家不愿接收。无奈，我找到医疗界的亲朋好友帮忙，并一个劲儿表明倘若发生意外，与医院没有任何关系，这样岳母才勉强住进了市中心医院。当时单位很忙，但我忙中偷闲，经常抽空去看岳母。在我们和医务人员的共同努力下，岳母做了手术，两周后出院回家。由于岳母是胆总管癌晚期，出院三个月后病情突然急剧恶化。接到岳父电话，我立即请假偕妻子回家。垂危的岳母见到我们，心情舒展了，她紧紧拉住我的手，嘱咐我们做子女的要孝敬父亲，不要让他在晚年受罪。她的声音是那样微弱，以至于最后啥也听不见了，因为岳母已经不能说话了。我们陪了她一晚，第二天早晨七点半，岳母离开了人世。我向单位领导续了假，把岳母送上坡，圆了坟，陪她过了"头七"，这才返回单位上班。这次前后请假共计十天，是我有生以来请得最长的一次假。这年春节到了，由于岳母不在了，岳父一人非常孤单，我和妻子带着孩子年前就赶回家里陪他过年，直到正月初七收假方才从岳父家离开。岳母"百天"之后，我们将岳父接到我家居住，略尽儿女对长辈的孝心。做了这些之后，我的心灵才找到了一丝慰藉。

我常常对自己的人生进行反思。学生时代，我总认为人生除了学习之外其他什么都不重要；参加工作以后，我总认为人生除了工作之外其他什么都不重要。随着时间的推移和阅历的增长，慢慢发现这样的认识是多么浅薄，这样的人生是不完全的人生。一个人既然来到这个世上，对父母他是儿子，对妻子他是丈夫，对孩子他是父亲，对单位他是职工，对社会他是成员，他就必须为父母负责，为妻子负责，为孩子负责，为单位负责，为社会负责。

我常想，一个人只有对社会、对工作、对家庭等方方面面尽到责任，并通过自己的付出给他人带来欢乐，给社会做出贡献，这样的人生才能够称得上完美！

（原载于 2011 年第 4 期《散文选刊》，入选《2011 我最喜爱的散文》和《百度文库》）

难忘亲情

母亲的茶饭

母亲离世十八年了，但母亲做的茶饭的余香至今令我回味。

巴山深处山清水秀，空气湿润。母亲也像这里的山水一样，性情温和，心灵聪慧。尤其是她的一手好茶饭，方圆百里无人不夸。那时村里来人，村干部都要请她去给客人做饭，还有村里集会、民兵训练等，都让母亲前去掌厨。可以肯定地说，母亲的茶饭在当地是无人能比的。

当然，母亲高超的茶饭手艺不光是别人的传说，而且是我一口一口品尝出来的。

我的童年处在那个艰难的年代，人们饿得黄皮寡瘦。我家的生活更是清苦，红苕成熟了，上顿下顿就是蒸红苕；苞谷收获了，上顿下顿就是苞谷糊；到了寒冬腊月和春荒季节，连红苕和苞谷也没有了，就用野菜充饥。天天吃着那些缺盐少油和单调乏味的饭菜，我常常反胃、呕吐，愁眉苦脸，难以下咽。这些都被细心的母亲看在眼里，记在心头，并想着法子调剂饭菜，尽量让我吃得好些。

我家磨房围墙外边有一棵老槐树，每到开花时，母亲就用长竹制作的夹竿把一些槐花弄下来，抽掉花径，清洗干净。然后盛半瓢清水，将少许面粉放进水中搅匀，再将槐花添加进去搅拌，倒入烧热的油锅摊开，翻面，铲出来就是一张圆圆的槐花饼。那种由母亲煎制出来的槐花饼，白亮亮，甜丝丝，香喷喷，好吃极了。

母亲每年都要在房前屋后的空地种上南瓜，主要是南瓜产量高，而且不论是蒸南瓜还是煮南瓜，都可以当主食。我所操心的不是这些，而是母亲烙的南瓜花饼。每到南瓜开花季节，母亲都会采摘一些多余的南瓜花，为我制作一些南瓜花饼。母亲做的南瓜花饼，黄亮亮，油滋滋，清香可口，回味无穷。

家里来客时，母亲还会把槐花饼和南瓜花饼端上席面，充当菜肴。凡是吃过母亲做的槐花饼和南瓜花饼的人，都赞不绝口，远近相传，以至于槐花饼和南瓜花饼成为我们那个地方的特色小吃，一直流传至今。

母亲总会因陋就简，就地取材，把一些司空见惯，普普通通的东西，做成美味佳肴。那时家家户户大面积栽种红苕，人们只知道把红苕秧子割下喂猪吃。可是母亲却将生在红苕蔓上的红苕秆取下来，掐掉顶端的叶片，变戏法似的做出好多美食。一是将新鲜的红苕秆清洗、切段、清炒，做成清炒红苕秆，其色清清亮亮，其味清脆香甜。二是将红苕秆放在沸水中浸煮片刻，捞出自然风干，然后扎把储藏起来，用时取出少许作为辅料，制作的红苕秆炒腊肉，口感柔韧，肥而不腻，奇香无比。三是将红苕秆作为主料，放在坛子里，加入面汤，炮制的浆水，色泽红亮，做出的浆水面和酸拌汤不仅颜色好看，而且味道鲜美。从浆水坛子捞出泡好的红苕秆，挤掉多余的水分，切段，加少许酸辣椒炒制的酸辣红苕秆，或者加豆腐干炒制的酸菜豆腐干，都是菜中极品。

我家院坝前面有一片竹林，雨后春笋时节，母亲就会把那些密集地段的竹笋间伐一些，为我制作清炒竹笋，并将多余的竹笋晾干保存起来，逢年过节炮制竹笋炒腊肉、竹笋炒豆腐干等菜肴，样样都是经典美食。

　　房前屋后的红椿树、榆树和构叶树，母亲也会因时取材做出许多美食来。每到春季，母亲会从红椿树上取下春芽，做成香椿炒鸡蛋；会从榆树枝上拉下榆钱，做成榆钱蒸饭；会从构叶树上摘下构絮（相当于柳絮），做成构絮蒸饭。这些东西本来都是猪草，但经母亲巧手巧做之后，一下子变成了人间美味。

　　母亲每年都要在猪圈围墙外点上一些刀豆。可能是土壤肥力好的缘故吧，藤蔓密集，枝叶繁茂，将整个猪圈的房顶罩得严严实实，好像是为猪儿们搭建的一个凉棚，刀豆角也结得密密麻麻。母亲经常摘下一些刀豆角，为我做清炒刀豆丝、刀豆丝汤、刀豆丝卷饼子等，都是那样的好吃。

　　母亲一生做过那么多好菜好饭，可自己却很少吃。当时我曾问过母亲，为什么只管我和客人吃而自己不吃呢？母亲笑着说，她不喜欢吃。长大后我才明白，为当时的社会环境和自己的家境所迫，哪有多余的好东西让母亲去吃啊！

（原载于 2014 年 1 月 5 日《陕西日报》）

父亲的故事

今生我接触最早听得最多的一个名词就是山外。

从我懂事起，就听父亲说他是山外人，并经常听他讲一些山外的故事。

在我幼小的心灵中，山外成为我向往的地方，因为那是父亲的家乡。

听父亲讲，他在山外出生，在山外成长，在山外度过童年和青少年的美好时光。那时还是黑暗的旧社会，父亲被国民党士兵拉去当壮丁，由于不堪羞辱，父亲逃脱了，逃到远离山外的山里，成为李姓大户人家的"相公"。后来，父亲成家了，做了陕南旬阳农村来姓人家的上门女婿，从此才算真正安家落户了。

二十世纪五六十年代的中国农村，老百姓的生活异常艰难，父亲一家的生活更是难上加难。随着大哥、二哥、姐姐和我的相继问世，家庭成员增加到七人，负担也越来越重了。我记不清奶奶长什么样子，只听说奶奶被苦难生活弄得双目失明，并在我四岁那年离开人世。从此，家庭的重担就完全落在了父亲和母亲肩上。

为了生计，母亲没黑没白地做活，父亲则走南闯北，开食堂，贩山货，卖麻花，尽力为家庭赚些零花钱。可以说，父亲是村里最早做生意的人。这与他是山外人见过世面不无关系。即便如此，也没能让全家人摆脱生活的困境。

闲暇时间,父亲不止一次地对母亲吹耳边风,说他想回山外去住,但母亲态度坚决,死活不愿离开来家。母亲姓张,是被来家在她出生不满三个月的时候抱养的,改姓来。父亲姓赵,自到来家"顶门立户"后,我们兄弟姐妹四人自然要随来姓。父亲想回山外有他自己的想法,毕竟山外是他的故乡,条件也比山里要好。母亲想留山里也有她的想法,毕竟自己生在山里长在山里,再说如果离开愧对来家。慢慢地,父亲回山外的念头打消了。

多少年过去了,父亲还是念念不忘山外。在我的大哥十八岁那年,大概是二十世纪七十年代初期吧,父亲带着大哥到山外探了一次亲。据说叔父一家误以为父亲回去想分家业,从而表现得比较冷漠。父亲回到山里以后再也没有去过山外,同时也与山外失去了任何联系。

岁月的艰辛让父亲病魔缠身,由于无钱医治,父亲的身体也被拖垮了。父亲爱喝糖水,因家中实在买不起白糖,只有买来糖精,每次舀一点点调到白开水里饮用。父亲爱吃牛羊肉,也因经济拮据只能弄点牛羊下水食用。每每想起这些,我就心酸。最让人难过的则是,父亲离世时我因考上安康农校而不在他身边。

父亲性格刚烈,说话直来直去,脾气极为不好,因此在村上得罪了不少人,就连我们姊妹四人也是喜欢母亲而不喜欢父亲。然而,父亲热心肠,说话办事的出发点很好,只是方式方法不妥而已。慢慢地,乡亲们接纳了他、谅解了他,我们也对他非常理解和尊敬。

父亲的一生有许多遗憾,唯独让他感到欣慰的是,我们姊妹四人在他生前满足了随他姓赵的愿望。

后来,我觉得父亲所说的山外指的是关中。听大哥说,父亲老家在长安,具体在什么地方他也记不清楚了。还听大哥说父亲老家曾经寄来过一封信。

　　父亲老家和父亲之间的联系,仅仅只有一次探亲和一封信。遗憾的是大哥已故多年,向导没有了,那封信也遗失了。每当路过长安,我就会想起父亲。是历史和命运让父亲一生漂泊,是那个时代让父亲积劳成疾,是岁月沧桑让父亲过早逝去。我想,如果没有父亲的付出,哪有我们今天的生活。总有一天,我或者我的孩子,会找到父亲老家,会与老家亲人共同建起一座感情的桥梁,亲密无间,直到永远。让长眠在陕南山里的父亲的灵魂得到安息。

　　（原载于 2011 年第 10 期《散文选刊》）

难忘亲情

怀念母亲

在母亲离世十五年多的时间里,我的内心始终经受着一种煎熬。我很想写一篇怀念母亲的文章,但母亲那平凡的人生对我影响之大,感受之深,竟使我无从下笔。

母亲生性和善,为人菩萨心肠。尽管老人家在世时,家贫如洗,经济拮据,但她却乐善好施。记得那是七十年代一个春光明媚的日子,有位老人长途跋涉百里找到我家,一边塞给母亲一捆棕皮,一边热泪盈眶地说:"好人啊!三年前路过你家,两日滴水未进,粒米未沾,头昏眼花。如果不是你那几碗红薯稀饭,哪有我的今天呀!"母亲有家远房亲戚,住在很远很远的高山上,老少二人都是哑巴。老者我叫他瓜爷,少的我叫他瓜哥。这爷孙二人住在他们那里的敬老院。母亲在世时,每年春荒,瓜爷和瓜哥都要来我家做客数月,瓜爷去世后,瓜哥一如既往,年年如此。那时的农村,生活困难得很,瓜爷瓜哥饭量又大。他们的到来,我和两个哥哥内心极不情愿。村里的好心人也说:"把他们打发走算了,免的年年都来。"每次,母亲只是微笑着摇摇头,然后对瓜爷瓜哥更加关心呵护。母亲过世后,瓜哥再也没来,现在不知是否还在人世。在我的人生道路上,也曾多次遇到过困境。每当得到他人热心帮助时,暖流涌动全身,深感爱的力量无价。

母亲没有文化,但却极有眼光。那年月,农村主要靠劳动力吃饭,家中无劳力是不行的。母亲没有像村里其他人那样让子女们在农业社挣工分，而是坚持供我们姊妹四人上学读书。几年下来，我家成了全村有名的缺粮户，日子过得越来越紧巴，父亲的脾气越来越坏，乡亲们对母亲的嘲讽越来越多。后来，大哥、二哥成了村里最早的高中生，我成了村里唯一的大学生。然而，母亲却在艰难困苦的挣扎中患了肺气肿，早早地离开了人世。数年后我回到家乡，乡亲们热情地围住我说这说那。有的说现在是科技信息时代，没文化不行；有的说村上家家户户都在为子女的求学而奔忙；有的说村里人教育孩子都拿我作为榜样……看到乡亲们思想观念的转变，我内心十分欣慰，其实，这还得感谢我的母亲呢！

母亲向来公私分明，善解人意。在我上小学的时候，每到夏收季节，学生都要帮生产队捡散落地里的麦穗。看到有的同学把麦穗拿回家，我也提回一笼。母亲严加训斥，教育我要公私分明，硬是让我把麦穗送归集体承认错误。父亲病故那年，我刚跨入安康农校的大门，为了不影响我的学业，母亲和兄长没有惊动我，妥善安葬了父亲。母亲病重那几年，我刚参加工作，单位又在百里之外的高寒山区。为了不影响我的工作，母亲常常忍痛割爱，不让出嫁的姐姐催我回家。偶尔回家探母，她总是催我快回单位，不要耽误工作。那年冬天，听说母亲病危，我急忙回家，一边请人为她制作棺木，一边日夜守候。母亲怕我耽搁太久，再次催我回到单位。不料这一别竟成永别。当我得知母亲病故的噩耗急忙赶回家时，母亲已故三日，遂成终生遗憾。

每当夜深人静，我独自静思时，母亲的音容笑貌就会浮现眼前，内疚和自责之情油然而生。尽管我觉得今生今世对不起母亲，但母亲那慈爱之心和人格力量教会了我如何做人，我总算找到了一丝慰藉。

（原载于 2015 年 7 月 6 日《陕西工人报》）

梦回长安

长安是我心中的一个梦。

这次有机会感受长安，得益于西安电子科技大学，那是女儿赵柳的求学地。它坐落于西安市西沣路兴隆段 266 号，是西安电子科技大学在长安的新校区。

清晨六点我们就起床了，拉开窗帘，窗外正下着雨，看样子昨晚这雨下得不小，时间也不短。这倒让我一下子高兴起来，因为秋后近半个月来一直无雨，天气闷热得比立秋前还厉害。

这天是 8 月 21 日，我们一家三口离开西安城上城花园酒店，乘出租车到西安电子科技大学送女儿报道。车外秋雨淅淅沥沥，西沣公路两旁的长安大地雨雾蒙蒙，神秘辽阔。司机热情健谈，说这里正在建设大学城，不少大学已经迁移过来，那些被护栏围起来的土地都被大学征用，那些建筑工地就是在建的大学。这里环境优美，是一处福地宝地。

听着司机的介绍，我的心情异常激动。长安，这个在我心中念叨了四十多年的地方，就这样亲切地活脱脱地展现在我的眼前，心情能不激动吗？我试探着问："你知道长安有一个杜曲吗？"司机说："有长安杜曲，我就是杜曲人。"我说："听我父亲说，他的老家好像是长安杜曲人。"司机问："你父亲姓什么？"我说："姓赵。"司机兴奋地说："我也姓赵，杜曲有很多姓赵的人。有时间去找找，说不定就能找到。"

长安是父亲的老家。新中国成立前,大概是二十世纪三十年代末期,或者是四十年代初期吧,十六岁的父亲为逃避国民党拉壮丁跑到陕南的巴山深处。到了七十年代初期,父亲带着大哥回过一趟老家,那时的交通极为不便,可能是从陕南步行到长安的。不知是路途遥远,还是当时的困顿,父亲从老家回来后,就再也没有回过长安。

一九八三年,父亲去世了,当时我不到十六岁,且刚刚考上安康农校,母亲没有通知我回家为父亲送行。听说父亲离世前的唯一愿望是想让我找到他的老家,可惜的是他没有给我留下老家的地址。后来大哥也去世了,他也没有告诉我关于父亲老家的一些情况,只听他说老家曾经寄来过一封信,可是我从来没有看到过那封信,也无法找到那封信。

虽然父亲一生只回过一趟老家,可是父亲无时无刻不在惦记着老家。在我幼小的心灵中,父亲最爱给我讲关于老家的故事,他总习惯于把陕南叫山里,把关中叫山外。在那无数个月朗星稀的夜晚,我们兄弟姐妹,还有父老乡亲,都会把父亲围在院子中央,听他讲山外的故事。听着听着,我就睡着了。在睡梦里,记不清多少次了,我竟然走出大山来到山外。梦中的长安是那样的神奇,那样的美好,那样的令人神往啊!

父亲一生始终不能忘记老家长安,因为那是生他养他的地方。由于多种原因,父亲难以落叶归根,最终长眠在了陕南巴山的怀抱里,但父亲的心始终牵挂着老家长安。

俗话说,山不转水转。人生就是这样地巧合,七十年前的父亲远离家乡,七十年后的今天,父亲一家繁衍三代之后,他的孙女又回到长安求学。记得西安电子科技大学录取通知书送达的那天,女儿高兴地说:"爸爸,说不定我在长安上学的四年中会找到爷爷老家。"我也兴奋异常。是呀!四年,女儿在长安,

我会无数次地到达长安。因为长安有女儿，有父亲老家，有我无限的牵挂，我会抽出更多的时间跑遍长安寻找父亲老家。一次不行两次，两次不行三次……我找不到了，还有女儿，我想总会有找到的那一天。

现在交通发达了，从旬阳到长安，不管是坐火车走西康铁路，还是乘汽车走西康高速公路，不到四个小时就到了。是社会的发展和历史的进步缩短了我们与老家的距离，连起了山里走向山外的坦途。现在陕南的条件也好多了，不仅山清水秀，风景怡人，而且经济活跃，百姓富足。我们在陕南生活了这么多年，早就爱上了陕南。这里有九泉之下的父亲母亲，有生我养我的山水和土地，有割不断离不开的父老乡亲。寻找父亲老家，不是我们想回到老家居住，而是老家有人世间的血脉和亲情需要沟通，还有父亲那漂泊的心灵需要安慰。

无数次梦回长安，但愿今生梦能圆。

（原载于 2012 年 1 月 29 日《陕西日报》）

女儿，爸爸有话对你说

女儿，看到你一天天长大了，爸爸真高兴。你能通过自己的努力考上安中奥赛班，爸爸感到自豪和欣慰。

高一很快过去了。你在这一学年里表现很好，学习成绩能从进校时的年级四十二名跃升为年级二十一名，充分说明了你的勤奋和潜力。

上高二了，学校进行文理分科，你选择了理科，爸爸支持你。

近来每次上去看你，发现你的面容非常憔悴，内心也很着急。你把时间看得珍贵无比，就连吃饭打水都怕耽搁了学习。听说你晚上学习到很晚很晚，有时夜间一两点才睡。你时刻想的是抓紧一切时间，学好每一门功课，争取一次比一次考得更好。这足以说明你是一个有着远大志向和极强的进取心的孩子，这种精神和追求是值得肯定的。

可是，现实中往往事与愿违。高二的第一次考试，你竟然退步了，学习成绩一下子落到年级七十三名。辛勤的付出没有得到相应的回报，你感到伤心和苦恼。那天我去看你，你流泪了。爸爸虽然眼中没有泪水，但心中也在流泪。

多少次，爸爸想和你面对面长谈，但每次都来去匆匆，未能如愿。今天写下这点感言，略表爸爸的心声。

你听说过"欲速则不达"和"心急吃不了热豆腐"这两句话吗？说的是办任何事情都不能操之过急，过急了反而会影响事

难忘亲情

情的办理。学习也是一样,是千万急不得的。急了就会自乱阵脚,反而会影响学习。

分析你目前的情形,是心性太高,心中太急,从而给自己带来很大的压力。你总想学得最好,考得最好,进步了害怕退步,退步了患得患失;你总想超过别人,超过了害怕落后,落后了心情沮丧;你总想比别人多学一点,经常学习到深夜,岂不知这样就会疲劳,疲劳就会影响白天的学习效果,从而陷入恶性循环。你整日忧心忡忡,难以自拔。在这种状态下,就好像有一层枷锁左右了你,限制了你,渐渐地,自我没有了。快乐没有了,良好的心态没有了,创造性思维也没有了。遇到大考又怎能谈得上正常发挥呢?

女儿啊! 你要尽快从这种矛盾心理和思想旋涡中走出来,要果敢地摆脱压力的困扰和外界的干扰。

有一本书不知你是否读过,这本书的名字叫《心态决定一生》,说的是良好的心态能够帮助失败的人们走向成功,不良的心态可以使成功的人们滑向失败。因此,调整好自己的心态显得尤为重要。要知道,爸爸首先需要的是一个身体健康、心态良好、生活愉快、乐观向上的你,这是第一位的。有了这样的生活状态,学习进步才有基础,否则,学习就会成为无本之木,无源之水。目前,你需要排除一切杂念,不要瞻前顾后,思这想那,要用一种良好的心态去上好每节课,做好每道题,吃好每顿饭,睡好每一觉,过好每一天。只要做到这一点,你就每天在向成功迈进。你要切记,昨天已经过去,明天还未到来,只有牢牢抓住今天,收获才会属于你。

休息是为了更好的学习,对此我是有深刻体会的。我写文章时间长了,大脑疲劳了,肯定写不好;如果休息后再写,效果就会大不一样。有的学生晚上开夜车,白天大脑细胞不活跃,学习效率大打折扣,这样的例子很多很多。你上高二晚上经常熬夜,考试成绩反而倒退了,可能就是因为过度疲劳影响了白天的学习效果。劳逸结合,这是有科学道理的。你不妨试试看!

在学习上,你是有一种刻苦钻研精神的,特别是在疑难问题上,更是如此。为了一道难题,你常常花费好多时间和精力去攻克,这是我从你上小学、初中、高中的学习中观察出来的。具有这种精神是很难得的,也是值得表扬的。然而,你目前已进入高中阶段的关键时期,时间是越来越紧张了,基础知识的复习量越来越大,如果为了一道难题再去花费大量时间去钻研,就会顾此失彼,最终的结果是捡了芝麻丢了西瓜。从你最近几次考试的情况看,失分的都是些基础知识题,这说明你的基础不牢,巩固基础知识应该是你当前的核心任务。我建议,对于那些疑难问题,思考一二十分钟就行了,万一做不出来可以请教老师或者与同学进行交流,腾出大量时间巩固提高基础知识吧。

孔子说,三人行,必有吾师。俗语还说,山外有山,人外有人。说的就是要注重向别人学习。你的学习很刻苦,但你过去缺乏与同学和老师进行沟通交流的习惯。如果不尽快改变这种心态,那么,你的思维是封闭的,你的圈子是狭窄的,你就不能融入集体,更谈不上将来融入社会了。我希望你能敞开心扉与舍友交流、与同学交流、与老师交流。你要有走出这一步的勇气,一旦走出去了,你会惊喜地发现它的无限乐趣和给你带来的收益。

失败是成功之母,说的是人们不要害怕失败。楚汉相争时期,刘邦屡战屡败,但他不是在每一次战斗中争一城一地之得失,而是保存实力、总结经验、吸取教训、扩大战果,最后一战而定天下。你的一次考试退步,不算是失败。况且你在不断分析原因,尽量克服缺点,力求迎头赶上,这些爸爸都是看在眼里的。高二的第二次考试,你能从年级七十三名前进到年级四十二名,充分说明你的改进和努力效果是十分明显的。

女儿,愿你心中的天空永远晴朗,愿你天天健康茁壮成长!

(原载于 2010 年 6 月 7 日《中国散文网》)

用爱心让花儿尽情绽放

好花儿需要精心护养，才能茁壮成长；好女人需要爱心浇灌，才能蓓蕾绽放。

美好的生活离不开花朵和女人，鲜花和美女让世界变得妩媚多姿、阳光灿烂。

每一个男人都有责任和义务做一个"护花使者"，让花儿尽情绽放，让女人风韵舒张。

小花，多么美好的名字。

初次相识，你的身影就像你的名字一样，犹如原野中一株含苞待放的小花，淳朴自然，美丽大方。

那时我想，如能娶到这样一位"原生态"的小花姑娘，就没有白来这个世界一趟。

不知是天公作美，还是我的人生造化，你竟然同意做我的妻子。

你第一次到我家，我心虚得就像做了贼。因为我家除了三间土坯房和一个卧病在床的老母之外，其他什么值钱的东西也没有。你目睹了我家的困窘之后，什么也没说。

我们计划在安康城租赁一间房子居住，因为你那时在城里一家公司上班。岳父岳母来到我们的"新家"，看到房中除了一张木板床和一口黑木箱之外，其他什么值钱的东西也没有，惊讶得半天说不出话来。你笑了笑，宽慰父母说没有啥。

一年后,我们有了孩子。

孩子刚满周岁我们就将她放到外婆家去,因为你要继续上班养家糊口。

这时,我们就有了"四个家":母亲居住的老家、你上班的新家、孩子托养的外婆家和我上班的单位之家。这四个地方相互之间的距离都在百里以上,且跨越县境,路途遥远。

当时,我的单位在旬阳县一个边远高寒山区,为了不影响工作,一年之中很少回家。你毫无怨言,既要去娘家照顾孩子,又要到老家看望母亲,还要来我上班的地方操心老公。

记得当初我的工资仅有五十八元,你的收入也很微薄,家庭生活陷入困境。你从来没有向我诉苦,一个人承担着巨大的压力,上下奔波,东借西挪,关顾着亲朋的人情礼仪,关心着孩子的头疼脑热,医治着母亲的陈年老病,支撑着四散分离的家庭。

作为一个女人,你已付出太多太多。而我却是一个标准的书呆子和工作狂。由于工作上的不如意,加之人生中的挫折和打击,曾经一度我的心情郁闷到了极点,回家看你和孩子都不顺眼,不是大发脾气,就是冷言相击,弄得你常常无言以对暗自叹息。

日复一日,年复一年,时光在艰难生活中流逝,岁月在酸甜苦辣中叠加,我们渐渐地由青年变成中年。

直到有一天,我突然发现你那亭亭玉立的好身材消失了,你那又黑又粗的长辫子没有了,细嫩光滑的玉手变得粗糙了,白里透红的粉脸变得黯淡了,晶莹闪亮的大眼睛变得失神了,疲劳的皱纹爬上了额头,斑白的银丝钻出了发髻。我不禁打了一个寒战,一种负罪感涌上心头。我觉得是自己没有尽到"护花使者"的责任,摧残了心爱的花儿。

我不止一次在日记中写道:"小花啊!自从你嫁给我以来,

你就开始吃苦受累。是丈夫的无能和粗心让你饱经风霜,是生活的艰辛和无奈让你花期早谢。我时常因为没能让你过上美好的日子而内疚。在今后的人生中,我要努力做一个护花使者,让你愉快,让你幸福,让你年轻,让你活出女人的风采。"

尽管工作了二十多年,身上也没有攒下多少钱,但我毅然决定贷款买下了一套房子,用以改善我们的居住条件。

八小时之外,我尽量抽出时间陪你散步,多多与你交流和沟通,以解除你的愁苦,舒展你的心情。

我知道,婚后你一直省吃俭用,从来舍不得买一件像样的衣服。于是我经常利用双休日或节假日陪你逛街,并鼓励你买下一些称心如意的服饰。

女性的至宝化妆品,过去你很少问津。闲暇时间,我主动陪你到商店去,为你挑选你所喜欢的化妆品;陪你到护发店去,医治你头上过早生出的白发。

对你的生活,我力求做到体贴入微;对你的亲人,我尽量做到关心照顾;对我们的孩子,我努力做到精心培养;家中的重担,我也不再让你一个人承担。

我时常陪你上网和看电视,并认真讨论网上的言论和电视剧中的情节。我还静下心来倾听你的诉说,帮你分析工作和生活中遇到的困惑。对于你的喜怒哀乐,我会细心观察,入情入理地帮你解脱。

我还在家中的阳台上种植各种各样的花草,培土、施肥、修理、浇灌,像对待你一样对它们倾注了无限爱心。

家庭的温馨,生活的幸福,使你发生了很大变化。我看到你头上的白发越来越少了,精神越来越旺了,气质越来越好了。我还看到笑容常常挂在你的脸上,愉快的心情溢于言表,我的内心由衷地感到欣慰和舒坦。

难忘亲情

93

是啊！用阳光雨露滋润的花儿会越开越鲜艳，用拳拳爱心浇灌的婚姻会越来越美满，我将用我的爱心让家中的花儿尽情绽放！

（原载于 2010 年 3 月 28 日《红袖添香》）

为父亲迁坟

父亲的坟终于迁了，心中的一块石头落下了地。

那晚姐姐打来电话，说父亲的坟塌了一角。

翌日，我急忙赶回家里，看见父亲的坟悬在半空，并塌下一个缺口，如果再不迁移的话，很难再经一场暴雨的袭击。

父亲离去二十七年了，那时我只有十五岁，刚刚跨进安康农校大门。母亲考虑我年纪小，没有通知我回去为父亲送葬。

父亲是陕西长安人，生于一九二二年，听说十六岁那年，他为了逃避国民党拉壮丁跑到陕南，先是给某员外家当相公，后来到旬阳县吕河来家上门立户，再后来我们兄妹四人就在来家出生成长。

父亲的一生是苦难的一生，颠沛流离的一生。由于生活的重压和常年的辛劳，没到老年就病魔缠身了，以至于一九八三年刚满六十二岁时实在支撑不下去了，就离开了人世。

父亲离世时，家中正处于最困难时期，没有一块现成的木料，也没有钱去买棺木。听说无奈之下的大哥和二哥，就把家中的几棵泡桐树砍伐后连皮制成棺材，山里人称之为"盲材"。

几年前，县上修旬阳至平利县的公路时，把我家祖坟所在地的山坡一分为二，公路从中穿过，父亲的坟就悬在了公路左边的山崖上。

有一年，姐姐打来电话，说父亲坟前塌方了。我回去看了一

下,觉得塌方的地方离父亲的坟头有一段距离,加之头上有两个哥哥,于是打消了承头迁坟的念头。

又有一年,姐姐又打来电话,说父亲坟前又塌方了,我又回去看了一下,觉得塌方的地方离父亲坟头还有一点距离,加之工作繁忙,经济紧张,于是还是没有下定迁坟的决心。

直到今年,姐姐再次打来电话,说塌方已经塌到了父亲的坟头,不迁怕是不行了。我回去看到坟塌成那个样子,心想:大哥死了几年了,二哥外出打工不在家,父亲死时我又不在身边,我必须独自挑起为父亲迁坟的重担,才能略尽一点作为人子的孝道,才能弥补多年来心灵中的愧疚。

于是,我为父亲买来一口新棺材,按照农村的风俗,请来阴阳先生,看了迁坟的日子,选了新坟的地址,并在村上请来"两班人"打井、起坟、抬坟、下葬、圆坟。

新坟修成,我跪在父亲的坟头,默默伤悲,并在心中向他祈福:祝愿他在陕南的黄土地下静静地安息。同时向他许愿:我和我的女儿,定要想方设法找到父亲的老家及亲人,让他含笑九泉,魂归故里。

(原载于 2010 年 11 月 7 日《中国散文网》)

女儿，爸爸为你感动

这天你打来电话，通知我去安中参加家长会，我的心情好似轻松了许多。

是的，你在这次家长会上发了言，介绍了你是怎样克服心理障碍，从而走出人生沼泽的心路历程。讲得非常感人。

听了你的发言，看了你这次月考的成绩，我也感到很是欣慰。你能从年级七十三名再次跃居年级二十五名，说明你的心态调整效果是明显的，你的辛勤努力收获是较大的，也再次证明了你的基础和潜力。

离开学校时，你把高中阶段的日记送给我，让我拿回家看看。你对爸爸的信任，爸爸由衷地表示感谢！

可以说，回到家中我是一口气看完了你的日记的。看着，看着，泪水湿润了眼圈，心灵为之震撼。

我原本以为对你的了解是全面的。岂不知你从少年到青年转型期的心理斗争是那么的复杂而激烈，你在失败和挫折中走过的路是那么艰辛和曲折。在你陷入心里泥潭和人生沼泽的"潮湿季节"时，你是多么孤独、痛苦和无助啊！

看了你的日记，我方才发觉我对你的关爱和帮助确实太少太少。有时在你苦苦挣扎无法解脱，需要爸爸及时出面督促和引导的时候，我竟然毫无察觉，无动于衷。

从你的日记中我才得知，你在初三的最后一个学期就面临了巨大的心理压力。从你上小学开始,你就是学校的佼佼者,学习成绩名列前茅。上初中了你还是表现突出,非常优秀,学习成绩一直领先。老师的表扬、各类的奖励、人们的赞许、家长的期望等等这些都包围着你。初三了,眼看逼近中考了,你的心里承受不了了。你总担心考不好怎样面对过去、面对老师、面对父母、面对社会,从而产生畏惧心理和厌学情绪。在这种情况下,本来爸爸应当为你减压,可是我没有发觉你的变化,竟一味地让你加倍努力,争取考上宏志班,为将来考上清华北大做好准备。在这种巨大压力和心里紧张的情况下,你走进考场,结果考得一败涂地,这是你人生中遇到的第一次重大的失败。

记得那个暑假,你的情绪低落到了极点,一种自卑感压得你喘不过气来。你不愿见同学、不愿见老师、不愿见亲戚、不愿到户外去。你对我说,你不想在旬阳上高中。爸爸对你的想法十分理解,我知道你是想到一个陌生的环境里暗下决心卷土重来。

进入安康中学尖子班,你的中考成绩排名应该是班上靠后的,但是首次月考你的成绩位居班级二十名,年级四十二名。这说明了三个问题:一是你初中的基础是较好的;二是你高中的努力是有效的;三是你已经以一个全新的自我出现在一个陌生的环境。看到这些,爸爸心中的一块石头总算落了地。

上高二了,情况突然出现反复,你的学习成绩急剧下降。见你面容憔悴、神情抑郁、昼夜苦学的样子,爸爸看在眼里急在心头,班主任王老师也是十分着急的。我和王老师经过多次沟通和交流,认为你的主要问题是心态问题。心理压力过重,临场心情紧张,影响了考试的正常发挥。于是王老师给你谈了话,写了信,我也与你进行了交谈,并写了《女儿,爸爸有话对你说》

这封信,还为你买了《心态的惊人力量》这本书。

你在家长会上的发言,说你克服心理障碍,走出人生沼泽要感谢两个人,一是班主任王老师,二是自己的爸爸。这让我既高兴又内疚。

其实我们的帮助只是外因,关键还是靠你自身的努力。读着你的日记,我才知道你在这个阶段的付出是那么的多,心态调整的过程是那么的难。中考的失败一直是你心中抹不去的阴影;高二考试的再次失败,你对自身的实力表示出质疑;在你暗下决心努力拼搏的过程中经常出现缺乏自律、左右摇摆的现象。如果不是看到你的日记,爸爸是不能察觉到这些情况的。所幸的是你能够通过顽强的毅力和艰苦的努力,走出了阴影、找回了自信、克服了缺点、战胜了自己,并坚强地走出沼泽地。这确实让爸爸感动不已。

在你心里异常矛盾、想要振作而十分脆弱的关键时刻,你不止一次地在日记中写道"振作起来吧!不能让自卑压垮了自己""努力奋斗吧!用行动证明你是不平凡的人""坚持下去吧!快快走出沼泽地"等等,看着这些勉励自己的话语,我的心阵阵作痛,这是多么艰难的心理斗争过程啊!

昨天听你妈妈说,你最近的一次考试考到了年级第十二名,班级第六名,比上次整整前进了十三个名次,妈妈高兴,爸爸也高兴。

但我要说的是,成绩面前不能沾沾自喜,挫折面前不能垂头丧气,人生不论在任何情况下,必须保持良好心态,以充分的自信心和坚忍不拔的精神,脚踏实地走好每一天,方能到达成功的彼岸!

（原载于 2010 年 6 月 13 日《中国散文网》）

持家女人

　　星期六的早晨,我睡得正香,她早早地起床了,里里外外忙个不停。九点多了,她喊我起床,说粥熬好了。洗漱过后,品尝早已泡好的热茶,用过早点,坐在书房读书。她拿起拖把,开始拖地,这是她每个周六早晨的必备课。房子不小,三室两厅两卫一厨加上两个阳台,面积一百五十平方米左右,她要把每个角落清理得干干净净。接着,她端起水盆,抄起抹布,开始把门窗、桌椅、用具擦洗得明明亮亮。这也是她每个周末必做的事情。干完这些,已经十点多了,她又走到阳台的水池,清洗我的换洗衣服,整整忙了一个上午。午饭过后,她上街去采买下周的家用物资,比如米面油盐酱醋呀,蔬菜呀,肥皂呀,衣服呀,应买尽买,大包小包提回来。周六的晚饭,她往往要花很长时间,洗菜切菜,精心烹调,炒上几个我最爱吃的美味佳肴,蒸一锅香喷喷的大米饭,为我改善生活。因为她平时工作很忙,没有多余的时间。晚饭后,她又开始给同事们打电话送东西,由于她很热心很负责,加之她会网上购物,所以同事就经常让她在网上帮忙购买衣物。她干得很投入,热情很高,乐此不疲。

　　她不仅双休繁忙,平时也是忙忙碌碌,一天也闲不住。我见她这样劳苦,经常劝说:"就这样一套房子,三个人居住,又有多少活路,干干歇歇,不要太累了。"她却说:"都是一些手脚活,累啥呢。你忙你的,我忙我的。"我的同事经常当着大伙面开玩笑："攀强是个有福之人。你看他只会工作、读书和写作,生活上的事情一窍不通,把家当成了旅店。多亏找了个勤劳贤惠的好媳妇。"我常常是笑而不答。

她在娘家六人中排行老二,日常总是以姐姐自居,照顾弟妹。我在我家四人中排行老幺,平时总是笨手笨脚,存在依赖思想。她年长我一岁,在我们组合的家庭中,不知不觉中她把我当成弟弟百般照顾,我则将她当成姐姐处处依赖。

她最大的特点是勤劳和细心,这主要体现在对家庭和亲人的照顾方面。我的衣服破了,她马上就给补好;纽扣掉了,她会及时钉上;有了皱褶,她会熨烫得平平整整;只要我身上的衣服脱下一天不穿,她就会清洗干净,然后折叠整齐存放到衣柜里。她总想把我干净利索地展示在人前,所以同事看到的我总是穿戴整齐,精神饱满。她对我们的家庭倾注了极大的热情。她在那套家属楼里有干不完的活,忙不完的事。她喜爱干净的生活习惯充分体现在操持家务上。地板有了污点,她马上擦洗干净;桌椅沾上灰尘,她立即用毛巾拭去;生活用品快要用完,她及时补买新货;家用电器出现故障,她会请人立马修好;就连厕所她也清洗得非常洁净,马桶始终保持着洁白的颜色。在她的料理下,我家给人的感觉是干净和明亮,人在其中舒适愉悦,神清气爽。

她平时没有多余的爱好,唯一的爱好就是饭后陪我散步和晚上看看电视。她心地善良,有时散步遇到街上的乞丐或者苦命人,她会产生同情和怜悯之心,并会给以施舍。有时看电视,看着看着就泪流满面,原来是她进入了角色,为故事中的人和事伤心落泪。岳母去世之后,她常常牵挂岳父,每年都要将其接到旬阳精心照顾一段时间。一日三餐,她都来回于单位和家庭之间,马不停蹄,买菜做饭,日夜操劳。岳父回老家去了,她

会经常捎些东西,不忘挂念老人。

她为人直率,作风正派,除了乐于助人之外,将全部心思放在了孩子和老公身上。她的付出主要是为了孩子的健康成长和我的事业有成。我和孩子的点滴进步都会使她感到高兴和振奋,我和孩子的细小退步都会使她感到担心和忧虑。

在这个世俗和浮躁的社会里,面对的诱惑不是没有,但是我觉得今生遇到妻子这样的女人是我最大的幸福。如果失去这样的女人,再好的女人找我,既是我的不幸,也是女人的不幸,我需要做天下最幸福的男人。

(原载于 2012 年 11 月 28 日《中国散文网》)

女儿的节俭

女儿赵柳，一九九二年出生，是标准的九零后青年，可是她生活的节俭却有点不像这个时代的孩子，这可能与她的家庭环境不无关系。

我们的家庭生活一直比较艰辛，现在虽然好多了，但女儿在困难中所经历的那些生活往事却深深地印在了她的心里，形成了她现实生活的节俭态度。

记得女儿上小学的时候，学校组织向灾区捐款，我给了她五元钱。当她把钱交给班主任老师后，却哭了起来。老师问："赵柳，你怎么哭了？"女儿边哭边说："妈妈看病没钱，都是向别人借的。"老师说："不哭，看病借钱很正常，没有啥。"那时我从乡下刚刚调到县委宣传部工作，住在老县委四楼一间办公室里，房子很小，设施简陋。每到月底生活就接济不上，常常向同事和朋友借钱，没想到这些生活小事竟然被女儿记在心里。女儿很要强，捐款不能落后，但想到借钱度日的家庭生活现状，又感到心中难受，这点我非常理解女儿。

调到县委组织部后，单位给我在老县委家属楼找了一套房子，面积有四五十个平方米。搬进来后感觉房子空荡荡的，原因是我们基本没有什么家具，电器更不用说了。有天我对妻子说："我们当下最需要的是买台电视机。"妻子说："钱从哪里来呢？"我说："只有省吃俭用了。"快过新年了，我们要给女儿买件

新衣服。那天从老城转到新城，商店进了无数，女儿只是摇头。妻子有点不耐烦了，我急忙给女儿做工作："你喜欢什么款式就给妈妈说吧。"女儿说："今年就不买新衣服了，我要省钱买电视机。"听了女儿的话，我对妻子说："孩子大了，懂事了，不买算了。"妻子背过脸去揉眼睛，我也低下头去不再言语。搬进县委家属楼的这年春节，我们终于买了一台电视机，全家甭提有多高兴了。

到了夏天，由于我们的房子位于大楼顶层，奇热难耐。每次女儿放学回家，满头大汗，口渴难忍。看着邻居家的孩子吃着刚从冰箱取出来的雪糕，喝着冷饮，她低着头悄悄地回家写作业去了。我顿然产生一种酸楚的滋味，就对妻子说："现在我们要省吃俭用买冰箱了。"妻子说："是呀！有些东西不放在冰箱里，天热就会烂掉的。"有个周末，我们带女儿在街上游玩。天太热了，我和女儿都口干舌燥，我就对女儿说："你和妈妈等一下，我去买雪糕。"女儿说："不买，我不渴。"我说："你是想省钱买冰箱吧？"女儿笑了："你咋知道？"我说："知女莫如父啊！"妻子会心地笑了。

冰箱买回来了，我和妻子准备买一些雪糕回来冷藏。女儿说雪糕太贵，带着我们到街上买回一副冰棍模型。先在开水里放上白糖，然后把白糖水倒进冰棍模型里，最后再把装着白糖水的冰棍模型放进冰箱冷藏柜里，冷冻好后取出来就是冰棍了。每天放学后，女儿取出自制冰棍，先给我一个，再给她妈妈一个，然后自己有滋有味地吃起来。自制的冰棍与买的雪糕还是有区别的，吃久了自然感觉到没有买的香甜可口，于是我对女儿说："我们去买一点雪糕放在冰箱里，与自制的冰棍换着吃，好吗？"女儿说："买的雪糕一块钱一个，太贵了。"妻子说："我到雪糕厂批发，每根只有五角钱，便宜一半呢！"女儿说：

"好，那就少买一点。"后来，妻子每隔一段时间就去批发一箱雪糕回来，我常常随她前去帮忙。

记得还有一件事想起来就让人发笑。那天妻子不在家，我在蜂窝煤炉子上烤馍。馍只有三个，烤好后我给女儿一个，我拿一个。我吃完第一个馍后，又去取第二个馍，女儿人小吃得慢，只见她把剩余的半个馍递给我说："爸爸，我吃饱了，你吃我的，把那个馍留给妈妈吧。"我说："身体是革命的本钱，饭一定要吃饱，妈妈不回来吃饭了。"

初中毕业后女儿上了安中，从父母身边离开了，我们怕她省吃俭用影响了身体，经常打电话让她吃饱吃好，并利用节假日到安康去给她改善伙食。没想到高三最后一学期临近高考，女儿竟然因营养不良而头昏。班主任王治义老师问她平均每天花多少钱，女儿说八元钱。王老师觉得按照我家目前的条件，女儿这样节俭不可思议。得知这些情况后，我当机立断让妻子请假上安康照顾女儿。通过妻子三个多月的精心调养，女儿恢复了健康，身体胖了、脸色红了、精神好了，并顺利考上了重点大学。

现在女儿在西安上学，离家更远了，我首先操心的是她的节俭，希望她每天吃好穿暖，保持健康。她的妈妈时常想她，我也同样地想她。我们经常给她打电话，问得最多的是吃的和穿的。我经常给女儿说，节俭自然是一种美德，但也要有度。现在我们家条件好转了，不要过于节俭了，吃穿用等方面千万不要亏了自己。你好了，我们啥都好了！

（原载于 2014 年第 9 期《散文选刊》）

第三辑 旬阳风情

兰草花儿开

陕南秦巴山中,随处可见兰草。

那是再平常不过的一种植物,漫山遍野都是,形状如草,颜色如兰,花儿并不好看。

就是这种普普通通的兰草,旬阳在征集县花时竟然选中了它。

一时间,兰草走进千家万户,《兰草花》唱红山乡,花费两百万元的地方戏《兰草花儿开》也搬上舞台,成为汉水文化的奇葩,香飘万里。

"兰草花呀不会开/开在那个高山呦陡石崖/叫的一声哥喂,叫的一声妹也/带妹一把上高台/咿呀嗨咿呀嗨咿呀呼嗨——"

几句简简单单的歌词,却人人传唱,经久不衰。

作为生在深山长在深山的山里人,我对兰草不以为然,更对这种文化现象不得其解。

一个风雨交加的冬日,妻子下乡归来,手中提着一个口袋,里面装着一窝兰草。她说,今天下乡到棕溪镇,山上到处都是兰草,同事们挖了很多,车的后备厢都装满了,她好不容易才抢到这点儿。我说,有啥好抢的,这种野草没有什么稀奇的,随之将其丢在楼顶一角。

一个月后,妻子问我把兰草栽了没有。我说,忘记了。妻子

催促我快去移栽。我说,天寒地冻,又没浇水,肯定冻死了,或者干死了。不过,我还是陪妻子上到楼顶。

真是奇迹!楼顶一角那窝兰草还活着,根系还是那样发达饱满,叶子还是那样茂盛幽兰。这时已是数九寒天了,大地一片荒凉,山坡没有绿色,邻居家的花园也是枯枝败叶一片。唯独这窝兰草带给自然一丝绿意,彰显着极强的生命力!

没想到兰草如此耐寒、耐旱,还四季常青。仅凭这三点,我就没有理由不爱它!

我显然是兴奋了,跑到街上买回两个大大的花盆,取回两盆沃土,将那窝兰草一分为二,栽到两个花盆里,然后浇足水,放在书房窗外的阳台上。

冬去春来,花盆里的兰草根部生发了新芽,新芽旁边还冒出筷子粗的花茎,两盆各有一株,嫩绿可人。

这天下班回家,刚刚打开房门,满屋奇香,沁人心脾。我问香从何来?妻子说兰草花开了。

两个盆子仅仅只有两株花茎,每株花茎仅仅只有十个花骨朵,能香溢满屋吗?实在让人难以置信!妻子说,兰草花与众不同的就是它的奇香,不然山里人为什么这样爱它呢?

第二年春天,每盆兰草又长出三株花茎,每株花茎又开出十个花骨朵,共计是六株花茎六十个花骨朵,香气浓浓,弥漫室内室外。

今年春天,两盆兰草更加郁郁葱葱,枝繁叶茂,每盆长出十株花茎,每株花茎开出十个花骨朵,共计二十株花茎二百个花骨朵,密密麻麻,好似竖起的两盆小风铃。随风飘拂,朵朵飘香,令人心旷神怡,如痴如醉。

我对妻子说,兰草花自从栽到盆里我就没有好好管它,可是它却越生越旺,越开越多,你拿回来的这窝兰草真好呀!妻子说:"不是我拿回来的兰草好,是所有兰草本来就好。你看漫山遍野的兰草花,谁又管它了?开得都那样好!"

是呀!兰草就像朴实的山里人,没有华丽的外表,没有过分的奢求,平平淡淡,自自然然。只要拥有一点土壤和阳光,它就会拼命地生长,尽情地绽放,用自己顽强的生命给人力量,用自己悠悠的芳香给人梦想,用自己生命的绿色给人希望!难怪旬阳人要把兰草花作为县花,难怪山里人要唱着《兰草花》走遍天涯,我是越来越喜爱它了。

(原载于 2014 年第 12 期《散文选刊》)

旬阳风情

旬阳的水

旬阳境内江河密布,沟溪纵横,全县二十八个乡镇中,十三个乡镇地名都与水有关:双河、蜀河、棕溪、神河、吕河、甘溪、赵湾、小河、仁河口、兰滩、沙阳、段家河、仙河,另有十五个乡镇都有水流淌,旬阳县名,也得于旬河。

旬阳的河数量多、流量大、流域长。全县集水面积在十平方公里以上的河沟有一百零一条,其中著名的有汉江、旬河、坝河、吕河、蜀河、仙河等。汉江发源于陕西省宁强县,由汉滨区入旬阳县境,沿途接纳坝河、旬河、蜀河、仙河等大小河流三十条,至西向东横贯旬阳,境内流域长达八十四公里。旬河是旬阳境内汇入汉江的最大支流,发源于宁陕县和长安县交界的秦岭垭南侧,由镇安县碾子坪入旬阳县仁河口乡,沿途接纳达仁河、乾佑河、麻坪河、冷水河等一级支流二十六条,在旬阳县城东南角汇入汉江,境内流长一百一十五公里。蜀河由湖北省郧西县入旬阳县红军乡,沿途接纳圣驾河、竹筒河、西岔河、龙家河等十五条河沟,于蜀河镇入汉江,境内流长五十八点六四公里……旬阳的江河溪流千姿百态、交织成网、清澈见石、川流不息,清爽宜人。

俗话说,一方水土养一方人。旬阳因水多而物丰,烟草、黄姜、蚕桑、青竹、樱桃、柑橘、蜜梨、柿子、核桃、板栗等名优特产走俏市场,小麦、玉米、水稻、大豆等农作物高产稳产。旬阳因水秀而人美,都说旬阳的姑娘长得水灵灵的,旬阳的小伙子宽厚温和,实不为过。旬阳因水清而风景如画。旬阳县城位于汉江与旬河交汇处,三面环水,一面傍山,山水相依,状若太极,成为天下奇景。旬阳仁河口乡水泉坪因一条清澈甘甜的水泉河滋润了山巅千余亩稻田,形成高山平原,美丽壮观。旬阳公馆西沟河因九龙飞瀑,气势恢宏,响彻百里,而让无数游人流连忘返。旬阳达铭湖碧波荡漾,游船穿梭,尽领陕南山水之灵秀。

旬阳因水而富。旬阳人为加速水能资源开发利用,在县内布局装机5000千瓦以上电站十二座,总装机66万千瓦,建成后年发电二十亿度,综合产值六亿元。西北地区民营投资最大的水电站钟家坪水电站已建成发电,白柳电站和桂花电站正在建设之中,旬河梯级开发拟开工建设电站有季坪、赵湾、大岭、沙沟口、仁河口及城区段三级低坎电站共八座,汉江梯级开发已建成的蜀河电站设计装机22万千瓦,年发电量八亿度,旬阳电站设计装机32千瓦,年发电量九点四八亿度。待布局的十二座电站建成后,将有十二个碧绿的水库派生出青山白云碧水蓝天的库区旅游,将使旬阳山水风姿无限。

旬阳人知水、用水、更爱水。他们不断加强环境保护和治理,积极发展循环经济。他们坚持不懈地封山育林、植树造林,使旬阳的水更绿、山更青、景更美。

(原载于 2005 年第 10 期《当代陕西》)

旬阳的山

旬阳除了水,便是山,其汉江以北属秦岭山区,汉江以南属巴山山区。

旬阳山多,当地人常用"开门就见山,出门就爬坡"来形容旬阳无处不山。据《旬阳县志》记载,旬阳县主要山峰有一百零七座。

旬阳山中多奇景。汉江以北秦岭山区以南羊山、王莽山、天门山最为有名。南羊山集峰、崖、岭、嶂、溪、瀑、坑、亚高山草原、田园风光、深沟峡谷、奇妙溶洞景观于一体,是探险观光旅游的好去处。主峰南羊山海拔二千三百五十八米,为全县群峰之冠。山中有阎王碥、鸡上架、铁锁洞、犀牛望月、宏安寺、东宝塔、蛮王寨、花房子、八里川等景点十多处,尤其是南羊山万亩大草甸再现塞外风光。南羊山山地有一个公馆自然风景区,奇峰林立,怪石嶙峋,河水清冽,溪水潺潺,瀑布如织,风景如画,人文传说,如歌如诉。据说这里的圣驾、落驾、公馆、张良村、张良庙、张良饮马谷、张良拴马桩等地方皆因汉高祖刘邦和大臣张良曾在此地活动而得名。每个地名都有一段神奇的传说。仁河口乡境内的王莽山,以及山中的刨马泉、马蹄窝等景点,传说是西汉末年王莽追刘秀时而留名。天门山位于双河镇境内,因为山中有丹凤衔书、将军峰、天门等奇观,而享誉一方。汉江以南巴山山区以歪头山、毛公山和卧牛山名气最大。歪头山地处旬阳县金寨乡境内,山中有典型的喀斯特岩溶洞地貌景观——歪头山溶洞群,洞内奇观,神秘莫测,游人去此,如入仙境,其中尤以神仙洞最为神奇。毛公山,又名南黑山,因其山势神似伟人(毛泽东)垂睡而得名。卧牛山在吕河镇境内,因山势恰似一头横卧的老牛而得名。

旬阳山中都是"宝",人称旬阳是"聚宝盆""百宝山"。山中名优特产可谓是琳琅满目,应有尽有。烟草、蚕桑、黄姜、生漆、苎麻、木耳、五味子、花椒、板栗、核桃、木籽、金银花、拐枣等特产,量大质优。被称为旬阳"三大宝"的桐油、柿子、龙须草和被称为旬阳"四大果"的狮头柑、旬阳梨、白沙桃、荷包杏久负盛名。

旬阳连绵的群山蕴藏着丰富的矿产资源。目前已探明的矿种有贡锑、铅锌、金、银、铜、锰、铱、钛等三十七种,可开采价值达一百亿元。其中汞锑矿为全国特大型矿床,储量位居全国之首,亚洲第一。铅锌矿绵延百余公里,且伴生着丰富的金矿、银矿,可望成为中型以上多金属矿床。

旬阳山中盛产中药材,被称为药材之乡。中药材普查汇总标本及样品有四百九十六种,《陕西中草药》所载药材中,百分之九十七的品种旬阳都有出产。其中骨干品种有五味子、柴胡、铁灵仙、天麻、杜仲、麝香、五灵脂、党参、玄参、黄连、大黄、川芎、木香、白术等二十五种。秦岭的南羊山还生长着南北山区特有草药一碗水、七里香、土洋参等十五种,巴山的铁桶寨也生长着南北山区特有草药五角凤、野黄连等四种。

旬阳的山还是野生动物的乐园。在婀娜多姿的秦巴山中生活着上百种飞禽走兽,它们与这里的山水相依为命,与这里的林木共同生长,为这里的群山增姿添彩,呈现出一幅林茂草丰、鸟语花香、百兽争鸣,人与自然和谐相处的美丽画卷。

(原载于 2005 年 9 月 23 日《安康日报》)

115

太极城风景

　　旬阳县城,汉水南流,旬河北绕,山水相依,阴阳回旋,形如太极,故曰太极城。清代诗人曾以"满城灯火列星案,一曲旬水绕太极"来赞美她的神奇。太极城之南为汉江,清清汉水自西向东顺流直下,汇入长江。太极城之北为旬河,悠悠旬水自北向南围山环绕,汇入汉江。

　　太极城因水而分阴阳两岛。阳鱼岛位于旬河北,人称"小河北"。阳鱼岛与王家山相连,山上有灵岩寺和孟达塔,是旬阳一大旅游景点。灵岩寺为佛教圣地,游人云集,香火不断。孟达塔为三国大将孟达墓地,传说孟达为古旬关守将,司马懿恨其叛国,将其腰斩,埋于旬关。孟达不服,墓地拱起土包,日日见长,越长越大,无法控制,当地百姓遂建塔镇之,土包乃不再长。为开发太极城旅游资源,当地政府在王家山兴建灵岩寺森林公园,组织干部群众年年植树,山上侧柏、刺槐已经成林,森林公园已具雏形。灵岩寺旁有一太极城观景台。游人在此观太极,所看到的是阴鱼岛,其三面环水,一面傍山,形似葫芦,人称"葫芦岛",或曰"金线吊葫芦",乃旬阳"八景"之一。阴鱼岛位于旬河南,属旬阳老城,城内有洞儿碥、哑子口、西炮台、西城门、文庙、博物馆、衙门口等景点。这里青石屋瓦、雕梁画栋、古香古色,是访古探幽、写生作画的好去处。阴鱼岛与宋家岭相连。宋家岭是观太极城全景的最佳点,站在岭上,一幅天然太极图映入眼帘,使人神清气爽,如入仙境。外地客人来此,无不欢呼惊叹,称为天下奇观。为打造太极城生态旅游品牌,宋家岭旅游开发正如火如荼。宋家岭观景路拓宽改造工程已经竣工,宋家岭观景台建设已提到县委、县政府的重要议事日程,宋家岭森林公园建设已拉开序幕。时下,这里已是桃红柳绿,杏林成片,游客不断,农家乐里天天爆满。

汉江、旬河赋予了太极城的灵性,阳鱼、阴鱼增添了太极城的神奇,追求、创造则勾勒了太极城的美丽。兴汉水文化,建文化大县,努力打造山水园林生态旅游城市,已经被勤劳的旬阳人民一笔一画地写在了太极城上。旬河岸边,昔日荒凉的河滩已变成宽阔平坦的祝尔慷大道,不锈钢护栏、灯箱广告、绿化带、林荫道、旬河水与大道相依相伴,构成一道美丽的风景线,被称为陕南第一景观街。过境路上,昔日狭窄的街道已变成宽敞繁荣的商贸大街,经过改造,路面电杆、电网埋入地下,路旁障碍物全部清理,街市建筑整齐划一,成为旬阳人民的商贸交易中心。在旬阳新城建起的祝尔慷广场,设计新颖,风格独特,建筑规范,设备齐全,成为旬阳人民的文化活动中心。在旬阳老城建成的体育馆,规模宏大,功能完善,成为旬阳人民的体育竞技场所。民营企业家赵济先建成的高达22层的华声大厦,被称为安康第一高楼,与祝尔慷广场旁边的信合大厦遥相呼应,成为旬阳县城的标志性建筑。西康铁路上的旬阳北站和襄渝铁路上的旬阳南站,成为旬阳通向东西南北的窗口。建于旬河上的钟家坪电站,以及即将修建的旬阳汉江电站,将使太极城水上乐园展现在人们的眼前。

太极城风景的亮点还在于太极城的文化。清晨和傍晚,祝尔慷广场,祝尔慷大道和旬阳体育馆,人们成群结队在那里休闲散步,锻炼身体,欢歌跳舞。每逢节日庆典,广场上文艺演出

和各种竞技比赛使太极山城热闹非凡,景象万千。人们正在用勤劳和智慧描绘太极山城和谐美好的明天!

（原载于 2007 年第 4 期《当代陕西》）

南羊山，心灵憩息的圣地

　　其实最美的风景就在身边，只是我们无意去发现。在旬阳生活了几十年，竟然没有去过南羊山。这次我不但去了，而且在山上露宿一晚，游了两天。耳听为虚，眼见为实，南羊山的美不再是人们的传说，而是留在心中无限的惊叹和震撼！

　　南羊山属于秦岭余脉，靠北与商洛的北羊山遥相呼应，朝南与安康的巴山隔江相望，碧波荡漾的汉江就在山下缓缓流淌。古人为何把这座山叫羊山？可能是因为山腰森林覆盖，山巅草甸密布，是放牧山羊的天然草场的缘故吧。

　　时间是初秋某天的早晨，我们从小河镇的西沟村上山。西沟属南羊山风景区的一部分，因这里有黑龙潭瀑布、西沟河、响水潭等著名景点而闻名于世。

　　山路蜿蜒盘旋，随弯就弯，山势千奇百怪，景象万千。我们紧追慢赶，汗流满面，但丝毫不敢停步，因为稍有懈怠，就有掉队的危险。再说要登上海拔两千多米的山峰，实在不是一件容易的事情。

　　沿途所见，漫山遍野都是原始森林，树大根深，枝繁叶茂，品种多样，尤以松柏居多，中间夹杂的红桦树、山茶果以及无数的奇花异草，将整座山林点缀得五彩斑斓，非常好看。头顶的烈日被绿叶阻拦，投下斑驳绿影，一下子消解了炎热的暑气。那些被人们称作"留侯竹"的植物，枝细叶繁，分列山路两边，随风摇曳,阵阵绿浪。传说这些都是当年张良亲手所栽,繁衍至今,越长越旺。听说,山崖盛产岩松,十分珍贵,不时有人出高价购买,然而那些商人的如意算盘总会落空,因为这里是旬阳的国有林场,山上常年住着护林员,日夜守护着山上的一草一木。

南羊山如此富集的原生态森林,真是一笔宝贵的财富啊!我显然是兴奋了,从内心深处感谢旬阳人民多年来对南羊山生态环境的保护!利用大伙歇脚的间隙,我思考着这样的问题:如果说旬河是旬阳的母亲河,那么南羊山就是旬阳的父亲山。你看旬阳东区和北区的构元、关口、蜀河等十个乡镇的二十余万人口不是依偎在羊山怀抱吗?还有山下环绕的小河、双河、蜀河、冷水河,哪条河流不是从羊山流出来的雨露呢?假如没有南羊山大面积的森林和草甸涵养水源,哪来这么多的清水长流呢?俗话说,一方水土养一方人。是南羊山这方水土养活了一半的旬阳人。我不由得对羊山肃然起敬!

我们边走边歇,边歇边谈,不知不觉来到了山顶的大草甸。猛然间被眼前的景象惊得目瞪口呆:只见这荡草甸草丛密集,草质柔软,盘根错节,相连成片,大约两千多亩,被四周的山丘围成盆地,中间低四面高,一齐向天边伸展,美如画图。围在草甸四方的山丘,松柏成林,形似绿染,与头上的蓝天白云融为一体,情景交融,形成一幅"云在林中游,林在云中走,天中有森林,林中有蓝天,星空映草甸,草甸望星空"的绝妙画卷。随行的考察团成员放下行装,狂跳惊呼:"美哉,羊山!"一时间,相机、手机齐上阵,呼声笑声赞叹声响彻天空。人们或仰或卧,或立或坐,或走或停,互拍自拍,忙得不亦乐乎!

拍够了,疯累了,我们架起帐篷,安营扎寨,后勤人员开始埋锅造饭,其他同志继续游览。我们翻过草甸一角的山垭,又一草甸呈现眼前。这荡草甸与刚才那荡草甸大小相当,景色迥异。听说每荡草甸都有一个天眼,或者叫漏斗,地处草甸低洼处,深不见底,很是神奇,在这里我们是看到了的。我猜想这可能是山上的排水孔吧。还听说有人曾经将一筐麦糠倒进天眼,翌日发现那团麦糠竟然漂流在山下的小河上,流进旬河,汇入汉江。看来南羊山的天眼与山中的暗河相连,直通江河呀!

天快黑了,我们避开其他草甸不看,挤出时间去看另一景点。走不多远,来到张良庙前,只能看到庙宇的遗迹和那些残留的颓垣断壁。听说"文化大革命""破四旧"时,庙宇被人捣毁,实为可惜。传说西汉立国之后,张良功成身退,辟谷修道,隐居南羊山。这里的张良饮马谷、拴马桩、张良柏、子房洞等古迹足以说明张良在此活动的行迹。还有汉高祖刘邦感念张良,曾经多次到此寻访,在南羊山境内有以公馆、圣驾、落驾、迎驾命名的地名多处,也是张良南羊山修道的有力佐证。史书上曾有张良"游商山,访四皓"的记载,那时的南羊山和北羊山归属商山的地理范畴,张良活动于此并非妄言。

跑了整整一天,我们累得筋疲力尽。野炊之后,大家穿上长衣,燃起篝火,围坐四周,取暖聊天。所谈话题都是如何开发南羊山旅游的问题,涉及修路、引水、拉电、恢复张良庙、保护古矿洞等等。快到半夜十二点,大家仍然兴奋异常,毫无睡意。由于我身单体薄,耐不住寒冷,加之实在困乏至极,便悄悄溜进帐篷昏昏睡去。

不知过了多长时间,我就醒了,看看时间,是凌晨三点。由于过于激动,翻来覆去再无法入睡,干脆起来烤火。烤着烤着,我又陷入沉思:先是想着这些草甸。那些叫作羊胡草和迷魂草的草皮为何这样柔和,这样神奇,铺在地上俨然就是一张绿毯,不由得不让人流连忘返。听说羊山坪的草甸有一百零八处,俗称一百零八荡。每荡小则几百亩,大则几千亩。这百余荡草甸起码也有十余万亩吧。如此丰富的牧草资源,不知古时聚集了多少只山羊啊!羊山,羊山,那才真正是"风吹草低见牛羊"啊!仅凭这些高山草甸,南羊山就值得一观。再是想着张良的故事。先前地处旬阳的南羊山属汉中王刘邦封地所辖,作为刘邦重臣和高参的张良,到过南羊山巡查不足为奇;西汉定都长安,张良无意仕途,深入秦岭寻求隐居之地,柞水、镇安距离长安较近,易被发现,而汉江北岸的旬阳南羊山风景秀丽,碧草连天,山高皇帝远,为隐居理想之地;加之羊山脚下的公馆,汞矿储量巨大,被称为"中国汞都",早在秦代就已开发,秦始皇陵墓的水银来源于此。张良信仰道教,在此炼丹修道,实为最佳选择。我想仅凭张良遗迹和公馆古矿洞遗址,南羊山旅游开发就大有可为。我还想着南羊山的成千上万亩原生态森林,也是人们休闲观光的好去处。更何况南羊山脚下是悠悠旬河与碧波汉江。这山与水构成一幅"青山绿水,林茂草丰,蓝天白云,天然氧吧"的人间仙境。人类灵魂憩息的圣地莫过于此啊!

　　天亮了,人们都已起床,我们草草用过早点,开始从张坪方向下山。向导在前面带路,我们在后面跟随,翻过一道山丘,又见一荡草甸。我们游兴未尽,投入草甸怀抱玩耍。向导催促快走,说前边还有更大的一荡草甸,草甸中央有一个"镜湖",湖水清莹,好像一面镜子,那才是南羊山大草甸中的精品呢。可惜的是有人疲乏过度,急着下山,不愿再走,一种团队精神昭示我们随他而去,于是留下遗憾。

　　　　(原载于 2015 年 8 月 15 日《中国散文网》)

人间仙境西岱顶

旬阳人时常引以为荣的、"一脚踏三县，放眼望三省"的、被誉为"小武当"的地方，那就是远近闻名的西岱顶。

百闻不如一见，当我们来到峰顶，仿佛置身云天，如入仙境。那种"山峦起伏，云雾缭绕，一览众山小"的感觉飘然而至。

有人指向远方说，峰北是平利，峰南是旬阳，此地脚踏旬、平、竹（溪）三县，眼望陕、鄂、川三省，真是名不虚传。

西岱顶归属汉江南岸的巴山山系，地处陕西省平利县和旬阳县石门镇楼房河村的分水岭，主峰海拔一千五百四十四米，素以高险奇著称。清代乾隆和光绪年间的《旬阳县志》均有记载："岱顶山形极高峻深奥险僻，以三峰尖耸并峙而名，上有石佛三尊，俗传普安道场为旬阳平利竹溪三县祷雨处，又称莲尖山。"听人说，古时以"岱"命名的山都是名山，看来西岱顶的有名由来已久。

峰顶面积不大，却内涵丰富，在仅有四百平方米的范围内，依次建有药王殿、西圣宫、普陀仙山庙、财神庙、山神庙等五座古庙群，另有七座石碑，最主要的是龟驮石碑、圆首碑和方首碑。

俗话说，内行看门道，外行看热闹。我虽然不是内行，但也想看些门道，于是先去看那些石碑上的文字。因年代久远，碑文多已斑驳，字迹模糊，唯有书写粗壮的标题方能勉强辨认。

龟驮石碑，地面是龟，龟背是碑，碑边竖刻一行标题"莲尖山普庵古刹新房碑记"，为乾隆癸卯年刻。圆首碑，正面题为"续修西岱顶观音庵序"，背面题为"续修西岱顶祖师殿序"，为清道光丁未年刻。方首碑，正面题为"平洵两邑重修西岱顶序"，背面题为"重修西岱顶祖师观音各尊神像序"，为民国壬戌年刻。由此可知，西岱顶上过去还有祖师殿和观音庵等古庙，现已荡然无存。那些尚存的古庙和神像，自清代及民国以来，经过多次维修方才保存下来，实为幸事。

西岱顶的山势奇险无比，除南面依山外，其他三面均是悬崖峭壁。山峰直插云霄，山下万丈深渊，远处大雾弥漫，山峦时隐时现，令人心惊胆战。普陀仙山庙就建在峰下峭壁的一头，崖上开凿有路，路基狭窄，仅容一人通过，直达庙内，路外设有防护铁链。我们小心翼翼进庙，此庙实为古人开凿的山窟，或者自然形成的山洞，分为上下两层，一层敬有神像，头部已经损毁，四壁绘有壁画，多已残缺不全。沿石壁一侧开口处可上二层，往深处有一地铺，墙壁被烟火熏黑，估计过去有人在此居住。外壁凿有一眼，仅可伸出人头，猜想这是古人开的天窗，以供室内采光之用。将头伸出窗外，眼前是山的天下，云的世界，只见四野空旷，群山绵延，腾云驾雾，变化多端。这不就是传说中的云雾山吗？实乃天下奇观！药王殿建在悬崖的另一头，其险峻之势不亚于普陀仙山庙。西圣宫建在山峰的制高点，俗称"金顶"，宫外有坪，小而精致，站在坪上远眺，神清气爽，周身通泰。

"山不在高，有仙则灵。"西岱顶是有仙气的。听说古时这里常有世外高人隐居，曾为陕南道教文化圣地，前来求神问道者络绎不绝。也听说过去这里的神仙很是灵验，三县祷雨每每遂人心愿，前来祈福还愿者人流如潮，香火极为旺盛。这时我不由得想起刚才登山时走过的"百步梯",以及梯下的"酒肆"和"拴马场",还有山上的坟墓,这充分证明人们所说的都是实情。

我们准备下山,随行的向导说,最近他又发现了一条路,这条路上的风景美不胜收,今天不用再走回头路了。离开主峰,向西南方向走不多远,我们就站在了"刀背梁"上,原来这座山的形状酷似农村砍柴用的弯刀,山的两边垂直陡峭,山脊极像刀背,直通山下。我们回头瞭望,西岱顶的胜景尽收眼底。那险峻的山峰、峰顶的西圣宫以及峰崖的药王殿和普陀仙山庙都依稀可见,神秘莫测,无不令人惊叹和震撼!"不识庐山真面目,只缘身在此山中",看来美景真的是近观不如远眺啊!当时雾气很重,有人建议等候雾散拍照,可是云来雾去,抓不住机会。在我们倍感失望转身离去之时,突然云消雾散,阳光闪现,我们急忙抓拍,霎时大雾又起,更显西岱顶的扑朔迷离。

"刀背梁"上的原始森林是我从来没有见到过的。一则大,那些树木大得出奇。有的一人合抱,有的几人合抱,有的一枝独秀,有的数枝并发,有的凌空出世,有的旁侧伸展。原始森林一望无际,浩渺如海。一则奇,那些树木不仅形态各异,景象万千,而且种类珍奇,不乏"稀世国宝",如红豆杉、黄龙木、塔松、岩柏、铁匠树。尤其是那里的漆树,为山里人开辟了一条生财之道。单就观赏这些林海,已是不虚此行了。

下山乘车返回,我们叮嘱司机慢行。因为楼房河两岸是旬阳最美的田园,风光无限,只因来时匆匆赶路,无暇欣赏。楼房河发源于西岱顶周围的群山,由山上无数小溪汇聚而成,流经石门、神河,汇入吕河。楼房河的水属于天然的矿泉水、裂隙水,水质甘甜,清澈见石。一河两岸形成绿色长廊的那种树叫麻柳树,根系发达,枝条柔韧,富有弹性,既能固土护堤,又耐山洪冲刷，还可供人观赏。河道两旁是清一色的稻田，适逢初秋季节，稻谷十里飘香，遍地金黄，微风拂来，层层波浪，眼看收获在望。原来这里就是出产"石门贡米"的地方。山边的住户，虽然星星点点，但都是石板房和灰瓦房。他们以青山相依，绿水为伴，碧空万里，白云连天，生活清净恬淡，和谐自然。我们被这美妙的田园风光陶醉，竟然忘记了时间。

真没想到，西岱顶美得这样出奇！这里的山，这里的树，这里的田，相得益彰，皆为风景。同行的德智主任说，省城的专家来过，认为西岱顶集"道教文化游、森林体验游、田园风光游"于一体，开发前景广阔，不久的将来，定会成为陕南一颗璀璨的明珠！

（原载于 2015 年 9 月 1 日《中国散文网》）

汉水之恋

我家住在汉江南岸。小时候常常情不自禁地跑出来，独立江边，凝望宽阔碧清的江面和往来穿梭的行船，聆听韵味无穷的汉江号子和划破长空的汽笛长鸣，流连忘返，如痴如醉。舅家表弟住在高山，每来做客，我都偷偷将他引到江边观景，回去后手舞足蹈的表弟总免不了替我挨顿责骂，但从无记性。

稍大后，看中央电视台天气预报常常提到汉水流域，我迫不及待地问老师："汉水是不是咱们的汉江啊？"听到老师肯定的回答，我激动不已。我没想到汉水流域还是个有名的地方呢。

常听人说汉江是中国目前最清的一条河流，起初不以为然。在西安生活了两年，游了不少地方，看了不少河流，再也没有找到像汉江那样清澈美丽、耐人寻味的河流了。思乡思江之情油然而生。一九九二年去上海观光，看到天下有名的苏州河竟然成了一条"黑河"，心中颇为遗憾，觉得还是陕南汉江最美。曾去北京，沿途临窗眺望，河南、河北一带有桥无水，有水不清的情景，更加激发了我对汉江的赞叹和眷恋。心想难怪国家要实施"南水北调"工程呢。

步入中年，重温儿时旧梦，重新品味汉江，思绪万千。是汉江让陕南成为山清水秀的地方，是汉江孕育了丰富的汉水文化，是汉江养育了一代又一代的汉江儿女。也正因为有了汉江，才使家乡呈现出一幅"蓝天、白云、青山、绿水"的美丽画卷，

才使家乡的山美、水美、人更美。

改革开放以来,汉江两岸日日生变,但清清江水始终未变。多少年来,国家矢志不移地大搞长江防护林建设,汉江人民捷足先登,拼命装点自己美丽的河山。我们可爱的家乡,先是建设"汉江绿色经济走廊"和建设"绿色安康",再是发展"药、水、游"和实施"汉江梯级开发"。勤劳朴实的安康人民在汉江两岸植树,日复一日,年复一年,终使得安康山变绿、人变富、水变清。美丽富饶的安康山区,在汉江梯级开发中,石泉电站、火石岩电站、钟家坪电站、蜀河电站相继兴建;襄渝铁路、西康铁路纵贯大江东西,江北大道、江南公路守卫汉江两岸,安康汉江大桥、旬阳汉江大桥、蜀河汉江大桥飞架大江南北,好一幅西部大开发的宏伟蓝图。至此,我才体会到地方决策者在建设"走廊",实施"开发"中,让现代工业"远离汉江两岸"的深远意义,也才明白了汉水之清确实来之不易。愿明天的汉江水更清、山更绿、天更蓝、景更美。

(原载于 2002 年第 4 期《灵岩》)

水泉坪记忆

　　秦岭南麓,汉江北部,有个令人难忘的地方,因为那里有我青春的足迹和铭心的记忆。

　　那是一九八七年冬季的某天,到村上已经是晚上,什么也看不见了,只记得从山下走到山上用了好长好长的时间,山势陡峭,行走艰难。

　　在村干部家吃了晚饭,然后坐下来聊天。他们介绍说,村里有一条神水,有一口神泉,还有一片神坪,千百年来人们都把这个地方叫水泉坪。

　　天还没亮,我就起床了,因为我根本就睡不着,我被这个地方的神奇故事吸引了,有点兴奋,迫不及待想去看个究竟。

　　我们先来到那口神泉,只见那株千年银杏树下有口不大不小的水泉,泉中清水翻滚,雾气腾腾。我舀起一瓢泉水洗脸,温热适度,通身舒服,看来泉水"冬温夏凉"的说法一点不假。

　　来到河边,举目四望,我被眼前的神奇景象惊呆了。我还从来没有见过这么美妙的地方,我觉得这里比陶渊明笔下的"世外桃源"美多了。

　　蓝天白云下高高耸起两座大山,千亩平原镶嵌在两山之间,清清的水泉河在平原中间蜿蜒流淌,一字排列的石板房分布平原两边,美不可言,优哉妙哉!

　　这样的景观放在其他地方或许不足为奇,奇就奇在它地处海拔千米的高山。那条水泉河流过山巅八里平原后，冲出谷口，飞落山下，形成巨大瀑布，气势恢宏，声震百里，蔚为壮观。

当地人讲了这样一个故事：古时旬阳县城选址，看中了水泉坪这块宝地。破土动工那天，掘地三尺，泉水奔涌，水中竟然跑出一只羊来。人们寻羊到现今的旬阳县城的龚家梁，不见了羊，便开挖寻找，发现那里的土质比水泉坪的土质重三钱，于是就将县城建在龚家梁，定名为"寻羊城"，后音译为"旬阳城"。这个民间传说的真假无可考证，但人们对水泉坪的赞美却是眼前的现实。

住在水泉坪的人都有一种自豪感。他们对我谈起它，总是笑容满面，神采飞扬。可不是嘛，在这座高高的王莽山上，山坡有千亩毛栗，山谷有千亩稻田，田间有小桥流水，田边有百户石板房，房前屋后有百株银杏树，还有那千年神泉的故事和王莽追刘秀的传说，件件都是宝啊！

可是，水泉坪人也有揪心的事情。村干部对我说，虽然他们身居宝地，但百姓日子过得很苦，脱不了穷根呀！我不解地问，千亩稻田土地肥沃，粮食总该够吃吧？村干部说，粮食产量低，还要卖粮变钱，不够吃。我又问，毛栗能卖钱，钱该够用吧？村干部说，毛栗个小结的又少，能卖几个钱？不够用。我走访了不少农户，情况和村干部说得差不多，百姓很穷！

回到区上，水泉坪的影子老在我眼前晃来晃去，挥之不去。一边是风景如画的"美"，一边是生活艰难的"穷"，形成明显的反差。

这天晚上，我来到区林特站。我是安康农校毕业的，当年七月刚刚分配到小河区委任青年干部，同时分配到小河林特站的有同学小曹等。站上其他同志，不是师哥就是师姐，平时关系融洽，无话不谈。听了我提出要在水泉坪村改良野生毛栗，搞嫁接板栗试点的想法后,他们很赞同。

我又向区委书记做了汇报,书记表示支持。一九八八年春天惊蛰前后,我和林特站技术员小曹来到水泉坪村,对农民进行嫁接板栗技术培训,然后进山在野生毛栗树上嫁接板栗。晚上休息了,群众纷纷前来询问各种问题,热情很高。

回到区上,我很高兴,觉得为群众做了一件事情,颇有成就感。

有天晚上,我来到区农技站,站上同志基本上都是同学或者校友。我询问提高水稻产量的方法,他们说推广"两段育秧"高产稳产,我建议他们到水泉坪进行试点。这年育秧季节,我陪农技站同志来到水泉坪推广"两段育秧"新技术,进展顺利。当年水稻产量大幅度提高,群众得到了实惠。

农技站的同志在水泉坪推广水稻"两段育秧"试点成功后,看上了这块宝地,觉得这是一块绝佳的农业试验基地。他们积极争取陕西省农业部门将水泉坪列为"秦油二号"油菜制种基地,为当地农民找到了一条新的致富门路。

随着产业升级,群众生活改善了,但交通问题成了制约水泉坪村经济发展的瓶颈。当时区委宣传干部是个老同志,叫邓应祥,家就住在水泉坪村,马上就要退休了。那天我找到他,谈了很多水泉坪村的情况,老邓也有决心回村发挥余热。

记得那是一九八九年的事情,老邓从区委退休后竟然又挑起了水泉坪村党支部书记的担子。听说他回去的第一件事情就是组织群众修路,我很激动,打心底里敬佩他。为了表示对老人家的支持,我再次来到水泉坪村,帮他组织劳力,监督工程。这时村上的风景更美了,山上郁郁葱葱,山下遍地金黄,那是春天油菜花开的芬芳,那是秋天稻谷飘香的波浪。

时隔若干年后,我又到水泉坪村,这时乡村两级正在该村实施新农村建设,着力打造中国最美乡村,水泉坪越来越成为当地的一张名片了。绕村一圈之后,心中顿生一种怪怪的感觉,思来想去,原来是两处景点变了样子:那处飞流直下、震耳欲聋的瀑布没有了,听说村上修路时将谷口的那段绝崖炸毁了,岩石填进深壑,水流自然失去了往日的气势;还有那条美丽的水泉河上一下子增添了五六座小桥,听说他们为了打造小桥流水人家而特意建造的,反而失去了昔日只有谷口和中间两座小桥时那种自然清幽的意境了。

我对随行的干部说,新农村建设一定要保留那些石板房,如果那些老房子拆掉了,水泉坪的风景也就破坏了,其神秘感也就消失了。

前两年,我又到了水泉坪,看见家家都在翻盖新房,那些石板房拆得差不多了。我怅然若失,不知说什么好,心情无论如何都高兴不起来。

我走到一处正在翻盖新房的农民跟前说,石板房拆了实在可惜。那人回答说,现在有钱了,住旧房子太土气了,外边都在盖楼房,我们不盖差距太大了。我对干部说,石板房确实不应该拆除。干部回答说,这个村是新农村建设布点村,旧的不拆,新的没地方建呀!

现在人们都在跟形势,讲发展,谈变化,但我看有些东西可以变,有些东西就不能变。如果硬要把它改变了,特色就褪色了,传统就没有了,文化也就消失了,价值也就贬低了。

(原载于 2014 年第 6 期《散文选刊》)

走进太极城

朋友自远方来,想游太极城,我自然成为他的导游。

太极城实为旬阳县城,因其状如太极而得名。

这是一个秋高气爽的日子,我们从旬阳饭店出发,走完县委机关大院后坡的太极城观景路就到了宋家岭。居高俯瞰,旬阳山城尽收眼底。只见汉江南流,旬河北绕,山水相依,阴阳回旋,形成一幅天然太极图,美妙绝伦,神奇无比。听说当地政府将在宋家岭上修建一座太极城观景台,作为旬阳旅游开发的新景点。

从宋家岭原路返回至县城洞子口就到了旬阳老城。老城被汉江和旬河包围,三面环水,一面傍山,形似"葫芦",人称"葫芦岛",或曰"金线吊葫芦"。来到洞口抬头眺望,贾平凹书写的"旬阳太极城"几个大字映入眼帘,洞口两侧刻有"满城灯火列星案,一曲旬水绕太极"的竖联,此为清代诗人赞美太极城的诗句。

从洞口进入老城有两条路径,一条是洞南的河街,一条是洞北崖壁上的便道。便道曰"洞儿碥",宽不足一米,长不足二百米,碥上山崖陡峭,碥下旬河悠悠。

走过深邃幽雅的"洞儿碥"来到"垭子口"。在洞口隧道尚未开通之前,这里是老城通往四面八方的咽喉。它东上西城门,南连下河街,西通"西炮台",北接"洞儿碥",位于老城山峦

的低洼处。"西炮台"居全城制高点,是古城防的重要军事设施。从西炮台上行为黄坡岭,旧时为旬阳赴安康的大道。

从"垭子口"顺石阶东上,经一波三折就到了"西城门"。西城门依岩石以清砖砌就,为典型明清风格。西城门在古代因军事需要而建,现在门上的楼堞已毁,城墙犹存,门洞中的两扇铁皮大门也已斑驳陆离,铁皮上密密麻麻的箭孔依稀可见。遥想当年千军攻城、万箭齐发的战斗场面是何等的激烈。西城门今已列为县级重点文物保护单位。

穿过西城门来到一处交叉路口,其上边一条路称为府民街,下边一条路称为中街,它们与最下边的下河街一起构成旬阳老城的主体骨架。沿"府民街"上行,青石台阶,凌空小阁,砖墙瓦屋,依山而建,妙趣天成。在这里,你常常可以看到三五成群的游人和学生拍摄照片、写生作画、指指点点,谈笑风生。

"府民街"的尽头是"衙门口"。"衙门口"是沿袭下来的旧时称谓,因其为明清两代的县衙所在,也以其近旁的古柏文庙而闻名。文庙位于县城龚家梁,创建于明洪武五年(1372),坐北向南,左右对称,布局严谨,层次分明,内有大成殿、月台、两庑、憩息室等。庙内设旬阳县博物馆,馆藏各种文物近三千件,有新石器时代的石器、陶器标本,有战国秦汉以至近代各个历史时期的文化遗物,体现了旬阳历史文化受到秦汉、荆楚和巴蜀文化的影响,而逐渐形成南北兼融同时又相对独立的地域文化特色的发展脉络。外地游客来旬阳,无不到文庙一览。

游完老城游新城。从严格意义上讲,洞口以北的菜湾就是新城了。其实有新城也是改革开放二十多年来的事。过去菜湾是农村,那里不是土地就是荒滩荒坡,还有一些星星点点的农舍。所有的机关、商铺、街市都在老城。由于老城受地理条件的限制,旬阳县城的发展重点自然就转移到了菜湾。

新城菜湾已是一副现代都市的气派了。尤其是近几年建起的一批标志性建筑,使旬阳县城锦上添花。我们首先来到祝尔慷大道,这里过去是一片荒凉的河滩,前几年当地政府在河滩上修了一条旬河大堤,然后又在堤上建起一条大街,冠名为祝尔慷大道,号称陕南第一景观街。大道里侧高楼林立,店铺成串,大道外边旬河长流,柳林相伴,不锈钢护栏和灯箱广告成为美丽的装点。自从有了祝尔慷大道,山城人民就有了散步休闲的好去处。

位于新城中心的祝尔慷广场,不论是设计风格、结构布局、还是场内设施,都堪称一流。里面的雕塑、喷泉、草坪、舞台、灯箱、石桌、石凳、游乐场,无不让人赏心悦目,如痴如醉。特别是广场的早晨和黄昏,打太极拳的,舞太极剑的,学太极扇的,跳太极舞的,休闲散步的,带孩子游乐的,应有尽有,充分展现了山城人民健康活泼、乐观向上的精神风貌。

位于新城又一繁华地段的华声大厦,高二十二层,设计独具一格,为安康第一高楼。据说此楼为民营企业家赵济先所建。位于旬河对岸火车站附近的康华园小区,投资一点九亿元,占地四十多亩,规模宏大,风格奇异,听说小区也是一位民营企业家所建。由此可见旬阳人的气派和旬阳民间投资规模之一斑。

102省道穿过旬阳新城全境,旬阳人把此路经过县城这一段称为过境路,实为旬阳商贸一条街。这里终日车水马龙,人流如潮。在这条大街上有民威商厦、九州商城、满誉商城、海星超市、喜临门超市等一大批购物中心;有商业园区、农贸市场、粮贸市场等一批专业化集市;还有旬阳饭店、华声大酒店、美华大酒店、金世纪大酒店、旬阳宾馆、太极城酒店等一批上档次的服务网点。旬阳的宾馆饭店日日爆满,出租车辆成群成串,呈现出一派繁荣昌盛的景象。

旬阳县委、县政府驻地为莲花池，因其山势似盛开的莲花而得名。这里是旬阳的机关区，县委、人大、县政府、政协、公检法司、财政、水利、党校等部门皆汇集于此。

旬阳新城超凡的现代化气息与老城传统的古朴风格遥相呼应，为太极城增添了无限风采。

还有一处地方是老城对岸的灵崖寺古迹和孟达塔，它居于俊秀山崖和茂密林木之中，是城区的又一游览胜地。

太极城区位优势明显，襄渝铁路、西康铁路、316 国道、102 省道、汉江航道在此交会，成为沟通西北、西南和华东的重要交通运输枢纽，是关中、汉江、成渝三大经济区的连接点，是西安至三峡、张家界和西安至武当山、神农架两条黄金旅游线上的重要驿站。它不仅成为西安的后花园，而且将成为长江上游经济带汉江经济走廊上的一颗璀璨明珠。

（原载于 2006 年 3 月 3 日《安康日报》）

宋家岭上观太极

旬阳县委机关所处的莲花池,其后山有一道山梁叫宋家岭,大概因这里过去多宋姓人家而得名。

宋家岭的地名由来已久,但其有名却是新近的事。因旬阳太极城远近闻名,有心人为探寻观太极城全景的最佳点,踏遍县城四周的山山岭岭,当来到宋家岭俯瞰山城时,顿觉太极城美妙绝伦,惊叹不已。

宋家岭因太极城而有了名气,太极城因宋家岭更是名扬天下。"宋家岭上观太极"遂成中外游客来旬阳的最大乐趣。新华社记者范德元登上宋家岭惊呼:"世界奇观,天下无双。""陕西省西部大开发五周年巡礼"新闻采访团记者们来到宋家岭无不赞叹:"这是旬阳人民天然的宝贵财富。"

站在宋家岭观景台,清风习习,周身通泰,美丽的太极山城尽收眼底。在这里,你可以看到那悠悠的旬河水自北向南随弯就弯,绕城而旋,与那条由东顺流而下的清清汉水在城下交汇,形成"水在城中,城在水中,状如太极"的天然景观。正如清代诗人所述:"满城灯火列星案,一曲旬水绕太极。"在这里,你可以看到山城对面王家山上的孟达墓、灵岩寺和太极城观景台。山上栽的那一行行风景树已是郁郁葱葱,漫山遍野,"灵岩寺森林公园"映入眼帘。在这里,你可以看到那被旬水和汉水三面包围的旬阳老城,其中有古朴的青石路和砖瓦房,有古老的文

庙、西城门和千年古柏群,还有年轻的太极城文化研讨会。据说当地将以传统的理念和仿古的设计建设老城,探究太极城文化的奥秘。在这里,你还可以看到与老城相对应的旬阳新城,那里正被地方建设者以经营现代城市的大手笔描绘得淋漓尽致。你看,那宽阔的祝尔慷大道临河而建,成为旬阳一道亮丽的风景线;那设计新颖的祝尔慷广场,大大提升了县级城市的品位;那高达二十二层的华声大厦,成为安康第一高楼和旬阳县城的标志性建筑;那投资一点九亿元的康华园小区,让旬阳新城锦上添花。旬阳新城超凡的现代化气息与老城传统的古朴风格遥相呼应,形成对比,为太极城增添了无限风采。

宋家岭距旬阳县委机关约两公里,地方政府为太极城旅游开发而修通了一条观景路,路旁全都栽上了桂花树。岭上桃树成林,杏树成荫,风景独好。农家乐里游客不断,生意兴隆。听说县上正筹划在宋家岭上修建一个更美的太极城观景台,到那时,"宋家岭上观太极"将更有一番情趣。

(原载于 2004 年 7 月 30 日《安康日报》)

千古风云话蜀河

蜀河古镇位于蜀河与汉江交汇处,依山傍水,地形险要,是古时东下荆襄、西通汉中、北进长安的咽喉,因其境内有蜀河而得名。

蜀河是汉江的一级支流,由湖北省郧西县入旬阳县红军乡,沿途接纳圣驾河、竹筒河、西岔河、龙家河等十五条河沟,于蜀河镇汇入汉江,境内流长五十八点六四公里,因其流域有蜀王冢而得名。

蜀王冢位于今蜀河镇以北一公里处的三官乡王家庄,《旬阳县志》各本多有记载。当地百姓称:庄南耕地中部某处,雨后每每干湿异常,疑即墓址。

蜀河距离今蜀地四川那么远,为何多处出现以蜀命名的地名、河流、墓地呢?这里与四川成都到底有什么联系?这里与古蜀国、古蜀王又有什么关系?我们还得从远古的先秦时代说起。

据《史记》记载,武王伐纣时,蜀人曾经参战,并作为先头部队。《华阳国志·巴志》云:"周武王伐纣,实得巴蜀之师,著乎《尚书》。"有专家提出古时秦岭之南即蜀境,并认为随武王伐纣者,乃汉水流域之蜀人,而不是岷江流域之蜀人。从这些记载可以得出:夏商周时期,生活在我国西南的蜀人有两支,即岷江流域的蜀人和汉水流域的蜀人,且汉水流域蜀人是随武王伐纣

的蜀人。

西周建立后,周武王封蕃屏周,因蜀人立下战功,迁封蜀国于今河南南阳以北地区。不知是迫于周边大国的压力而无法立足中原,还是蜀人留恋旧土,后又向西迁徙。军队来到蜀河,因这里地势险要,交通发达,水草丰美,能守能攻,于是在此建都。经过屯兵休整、发展生产,逐渐强盛,并很快控制了安康东部和商洛地区,与当时盘踞安康西部、汉中和四川东部地区的巴国成为陕南的最早统治者。早在二十世纪二三十年代,我国考古学界的专家曾根据典籍的零星记载,提出这样的大胆推测,就是最早的蜀文化发源地在汉水流域,而不是学术界传统认识的成都平原。最早持此看法的是著名古史专家顾颉刚先生,顾先生在《牧誓八国》中认为,庸、卢、濮、彭四国与蜀均在汉水流域。而著名巴史专家童书业先生则直指蜀在今旬阳县蜀河。他在《古巴国辩》中写道:"蜀国亦未必在四川,今湖北郧西县南有蜀河,入汉水,或即古蜀国所在。……大概本来是汉水上游的国族,其后为秦楚所逼迫而始南迁。"

西周中期,楚国日益发展壮大,向外扩张领土,蜀君为避难,遂又迁都于今汉中之城固县。二十世纪五十年代中期汉水上游城固一带开始出土的城固铜器群以其典型的早期蜀文化特征,开始为古蜀国源于汉水上游流域提供了论证凭据。蜀国占据城固地区后,势力更为强大,巴国开始依附于它,合称为巴蜀。

蜀继续向南发展,不久又迁都于今四川彭州市,从此以后古蜀国就长期居于四川一带,与巴国长期控制着四川、汉中、安康、商洛等地区,创造了辉煌灿烂的巴蜀文化,为中华民族的发展做出了重要贡献。

公元前316年,古蜀国进攻巴国。巴王遣使向秦国求救,秦军势如破竹,占领蜀国,古蜀国从此灭亡。之后,秦国利用巴国内乱的机会,一举灭掉巴国,从此巴蜀纳入秦的版图。

从古到今,人们提到巴蜀,就自然而然地认为蜀在四川,巴在汉中(包括安康、商洛),这是没有错的。然而古蜀国在旬阳蜀河的一段历史及其创造的早期汉水流域蜀文化竟鲜为人知。从蜀河古镇的特殊地理位置、古时繁荣昌盛的八大商会组织和流传至今的八大文物古迹等可以看出:蜀河非同一般,古蜀国在此建都不足为奇。至于蜀王冢埋葬的是哪一位蜀王?他在巴蜀文化发展史中的地位和作用如何?那要等到蜀王冢开掘之后方能考证。

(原载于 2010 年 10 月 27 日《陕西日报》)

旬阳风情

黄龙洞游记

阳春三月,我们相约到黄龙洞去。进入张坪乡地界,山势开始陡峭起来,越往里走,越是险峻。那条清澈见底的冷水河,以及河边那条蜿蜒盘旋的进山公路,被两边那高耸入云的悬崖绝壁挤压得透不过气来。据说这"抬头一线天"的峡谷足足有三里多长,人称"三里峡",黄龙洞就在这"三里峡"南峰的山腰中。

来到黄龙洞所处的山脚下,首先映入眼帘的是两处风格不同的瀑布。一处由高山飞落而下,约五六丈,笔挺垂直,犹如垂挂在山上的一条玉带,据当地人说这条瀑布叫黑龙洞瀑布。另一处从山中奔腾而出,左冲右突,撞击巨石,震耳欲聋,这就是黄龙洞瀑布。

沿黄龙洞瀑布旁的山崖登山。由于没有山路,我们就手抓藤条,脚踩岩石,小心翼翼地向上爬行,等到艰难地爬上洞口,已是满头大汗、气喘吁吁了。

稍事休息,我们点燃备好的火把进洞,借着火光边走边看。洞口十分宽阔,高约两丈,宽一丈余,洞内钟乳石林千奇百怪、神态各异。有的像雄狮怒吼、有的像大鹏展翅、有的像骏马狂奔、有的像罗汉沉睡、有的像人体器官、有的像花鸟草虫、有的像……突然,一幅"美女沐浴图"将大家的目光聚到了一起。只见那美女面朝墙壁,背向外面,臀部弓起,似淋浴冲背状,活灵活现。人们无不惊叹大自然妙笔生花,鬼斧神工。

　　进洞不知有多深,只见一潭清水出现在人们面前,冰凉砭骨,寒气逼人。到这时我才想起从洞口到清潭这一段并没有水,洞里的水是从这里通过地下流出洞外而形成黄龙洞瀑布那独特的风景。难怪进洞时耳边轰隆巨响而听不见人们的谈话声呢。

　　由于从清潭进去洞内有了水,我们行走就比较困难和小心了。洞子越走越深,步子越来越慢,石林越来越多,光线越来越暗,心里越来越紧张。不知不觉中我们所带的火把快要燃完了,于是我们非常遗憾地从原路返回。听随行的当地人说,黄龙洞深不可测,至今还没有人走到尽头呢。

　　黄龙洞的水质甘甜可口、清爽宜人,属于矿泉水。冷水河的水就是因为吸纳了像黄龙洞这样无数的山洞和山沟的矿泉水而远近闻名。旬阳县委、县政府投巨资修建的冷水渠,将冷水河的水引入县城,使太极城人民吃上最纯净最甘甜的天然矿泉水。

　　问渠那得清如许,为有源头活水来。居住在黄龙洞和冷水河流域的张坪乡人民,虽然经济条件并不优越,但他们视冷水河为生命河,常年为保护这一河清水而付出很多很多。旬阳县城人民应当感谢他们,汉水流域的人民应当感谢他们。

　　（原载于 2006 年 5 月 19 日《安康日报》）

旬阳风情

秋游冬青村

霜降刚过,我有幸随安康日报倪总到旬阳县吕河镇冬青村采访。

我们从旬阳县城出发,沿 316 国道逆江而上。映入眼帘的是汉江对岸山坡上那整片整片的林园与顺流而下的清清江水遥相辉映,勾勒出一幅山清水秀的美丽画卷。我曾多次听人说那就是冬青村的狮头柑园。冬青村也因盛产狮头柑而远近闻名。

经过吕河轮渡,翻过东坝村后面的山梁,放眼望去,满山遍野被漫无边际的橘柑树罩得严严实实,硕大的狮头柑压弯了枝头染黄了青山。凉风迎面,清香扑鼻,使人神清气爽,心旷神怡,仿佛进入世外桃源。随行的人们不由得发出声声赞叹,哪里还有这样美的风景呢?

看到那一束束挂满枝头金黄耀眼的旬阳名果狮头柑,我们馋涎欲滴,谈性大增。我们的到来惊动了这片园子的主人郭明勤。他热情地招呼我们进屋吃饭,忙前忙后地为我们端茶倒水,并捧来又大又黄的狮头柑让我们品尝。主人介绍他家已经挂果的柑子树有九十棵,去年卖了三万余元。

这时走来一位村民,笑容满面地上前与我握手,直呼:"欢迎老同学。"我不由得上下打量了他一番,惊喜地发现这是我二十五年前的初中同学赵得恩。通过亲切交谈,才得知他是冬青村的村委会主任。还从他口中得知我的另一名初中同学郭进臣现在是冬青村党支部书记。我不由得感叹，难怪冬青村搞得这么好，原来是有这么一批有文化、有能力、有创新的带头人的缘故啊！

赵主任带我们一边参观，一边介绍村上的情况。说到村上的发展，他说冬青村之所以有今天，首先要感谢党的好政策。这几年市、县书记在这里抓点，多次到村里调查研究，先后为村上解决了通村路、高压电、自来水、党员活动室等问题。村民们对村党支部、村委会为他们选择发展狮头柑的路子很满意，积极性非常高。村民们连年苦抓实干，短短的几年间发展狮头柑园千余亩，都靠狮头柑发了家致了富。

说着，说着，我们就来到了村党员活动室。一座临山而建的小洋楼，居高临下，满山的狮头柑树尽收眼底，一条蜿蜒盘旋的水泥路穿山而上，一家一户的村民新居升起袅袅炊烟。楼前的两株千年冬青树，枝叶繁茂，傲视群山，好似正在向人们诉说着冬青村的悠久历史和冬青人的创业故事。

活动室内有不少村民在那里吹拉弹唱。赵主任说这是村民自乐班在排练节目。通村水泥路上一字儿停放着长长的车队，那是外面的客人前来采购狮头柑。

在狮头柑园内，不时可以看到满怀收获喜悦的果农在那里采摘果实。在农家庄院，随处可见肥猪满圈。村干部说，村上不仅建成千亩橘柑园，今年还发展生猪千余头，将来随着旬阳汉江电站库区的形成，村上还要发展水上游乐项目。到时一个现代生态农业观光园将会展现在人们面前。

离开冬青村，激动的心情久久不能平静。我想：建设社会主义新农村，冬青村不是走出了一条好路子吗？

（原载于 2008 年 11 月 11 日《安康日报》）

太极飞雪

　　小雪节气过后，气温突然下降，天空飘下雪花，我不由得对中国古人发明二十四节气的神奇而由衷赞叹。

　　小雪之后的又一个节气就是大雪。说来也怪，时间越是后靠大雪，天空竟然真的下起大雪来。

　　公元二〇〇八年的一月十五日凌晨六点，闹钟将我惊醒。打开后门一看，汉江两岸白茫茫一片，空中雪花漫天飞舞，眼前的情景让人兴奋不已。我家住在旬阳老城，这里是旬阳太极城的阴鱼岛，因其三面环水，一面傍山，也称金线吊葫芦。我站在葫芦岛的制高点极目四望，雪中太极更加神奇和让人着迷。你看那旬河与汉江，将整个雪域勾勒成一幅天然太极图，活灵活现，美丽壮观。与昔日太极城相比，其静若处子，洁白如玉，犹如自然沉睡的美神，勾起人们无限遐想。

　　我提起公文包迎雪步行上班。旬阳一中和一小的学生们已从新城菜湾成群结队地走进葫芦岛。他们都穿着防寒服，帽子把头罩得很是严实，叽叽喳喳，活蹦乱跳。雪花飘上脸盘并不嫌冷，还不停地用小手抓起积雪袭击同伴。看来他们兴奋的样子比我有过之而无不及。

　　"我从来没有见过这么大的雪。"这是孩子们的声音。"我几年都没有见到这么大的雪了。"这是大人的声音。是啊！我何尝不是呢。我也是多少年没有见过这样的好雪了。由于自然生态破坏,地球变热,冬天不冷,多少年来很少下雪。可喜的是今年冬季天气变冷,雪也下个不停。这可能是国家实施生态建设,环境得到恢复保护的结果吧。

今年冬天旬阳太极山城的景致格外引人注目。先是山城变绿了。你看旬河对岸,连年的造林,那成片成片的柏树已覆盖了山体,虽是隆冬季节,还可见绿意盎然。县政府驻地后面的宋家岭,县上正在建设的太极森林公园,也是绿色连绵。再是太极飞雪风景迷人,使人不由得想起"风雨送春归,飞雪迎春到"的美妙诗句。

瑞雪兆丰年,建设现代河源文明的太极城人民将会迎来又一个丰收年。

（原载于 2008 年 1 月 18 日《安康旅游网》）

旬阳风情

红岩滩

红岩滩是原旬阳县红岩乡乡政府所在地，后因机构改革，乡政府并入赵湾镇而不复存在，但红岩滩这个地方却在历史长河中延续下来，愈来愈加红火。

因红岩滩曾是政府驻地，所以那里自然形成了农村小集镇，有医院、粮站、学校、供销社、信用社等单位错落滩上。还因为那里是102省道途经之地，故而往来车辆川流不息。

红岩滩北与赵湾镇接壤，南与甘溪镇比邻，一条公路穿滩而过，是一个观景的好去处。滩依高山——红岩而卧，山中一条小溪穿越公路冲出大滩与滩前那条发源于秦岭深处的旬河相汇，形成一处上百亩的河滩。滩上巨石林立，形状怪异，好不壮观，人称"母猪滩"。为连接被小溪冲断的公路，滩上又多了一座小桥，素日滩上溪边、河岸总有成群农妇洗衣淘菜，谈笑风生；夏夜，总有那些劳顿一天的滩上人在桥上领略河风的凉爽。

提及红岩滩，人们总会想到那是一个山美、水美、人更美的地方。然而过去的红岩滩却贫困得很。全乡经济发展无骨干项目，群众始终甩不掉穷帽子。滩上虽具小镇规模，却无小镇实质，无交易场所，就连机关买菜也要到相邻的赵湾镇和甘溪镇去买。楼房稀少，寒舍居多。滩上人，常常三五成群围滩而坐，自叹命不如人。

市场经济的春风吹散了滩上的封闭，吹活了滩上人的头脑。

他们选准了发展"烟、桑、畜、栗、姜"五大主导产业的致富路子，并风雨兼程。人们再也闲不住了，起早贪黑、日夜奔忙。过去只知种粮的农民，如今在地里栽上了烤烟，地边发展起了蚕桑，在坡上种上了黄姜，搞起了板栗嫁接，户户养起了猪、牛、羊。听说，一九九六年这里的群众种植烤烟二千八百五十亩，实现产值三百万元，仅此一项人均收入达五百元。还听说，王福平一家养了四十只羊，刘楚兴一家种了五十亩姜，许多农村能人还上了广播，登了报纸哩！

地方经济搞活了，群众殷实富足了，山里人挑着蔬菜和山货来了，市场商贩扛着秤杆来了，外地客商也闻声而来，街面上随之出现了固定的农贸市场。群众手头有了钱，也大方了。滩上先后又出现了餐馆、旅社。滩上人家也有了胆识，黄家庄、胡家庄、红岭等村搞起了人畜饮水工程，黄草坡等四村架通了高压电，滩上还建起烟站大楼。今日红岩滩，一派欣欣向荣的农村小集镇景象。

（原载于 1997 年 3 月 7 日《安康日报》）

旬阳风情

南北兰滩

　　南北兰滩,仅一江之隔,却连接两省。南兰滩地处汉江南岸,隶属陕西省旬阳县,北与湖北郧西县毗邻,东与陕西白河县接壤,被称为旬阳县的东大门。北兰滩地处汉江北岸,隶属湖北省郧西县,与南兰滩隔江相望。

　　九十年代初期,我第一次到兰滩。下车后向当地人打听兰滩乡乡政府路径,谁知那人冷冰冰甩出一句:"你是找湖北兰滩,还是陕西兰滩?"我不解其意:"莫非你们这里有两个兰滩?"那人极不耐烦地说:"对面是湖北郧西兰滩,路下是陕西旬阳兰滩。"这时,我才注意到了汉江北岸,青山脚下,有一些陈旧的房子挤在一起,大概那就是湖北省郧西县的兰滩了。

　　顺车站旁边一条窄窄的石阶而下,拐个弯,走不了几步就到了旬阳县兰滩乡乡政府。驻足四望,原来,这南兰滩也建在青山脚下,汉江岸边,与北兰滩遥相呼应,极为对称。碧波荡漾的汉水在南北兰滩间穿越而过,一泻千里,颇为壮观。只不过这南兰滩除了比北兰滩多了一条铁路,再无特别之处。房屋散乱陈旧,无市场,无街面,无旅店,行人稀少,倒像是一个小小的村庄。

　　市场经济体制建立后,听说兰滩人的大脑活泛多了,发展步子也快了。一九九七年早春二月,我第二次到旬阳县兰滩乡。那时,旬阳县的乡镇机构改革刚刚结束,尽管兰滩乡边远贫穷、地域狭小,但因它是旬阳县的东大门而保留了乡的建制。当时的乡党委朱书记讲,兰滩的干群都有了危机感。外界在变化,周边在发展,兰滩更应当快马加鞭。听说他们要建集镇、建市场、建政府大楼、安有线电视、装程控电话、育主导产业。我的心和他们一样激动。接着,县委、县政府全面实施了"迎接西部开发,建设经济强县"的战略,加大了对边穷乡镇的重点倾斜。一届又一届的乡党委、政府班子带领全乡人民同绘一张蓝图,共谱一首新曲,使兰滩发生了巨变。

二○○一年炎夏,我第三次到旬阳县兰滩乡,所见所闻让人惊叹,令人振奋。变了,兰滩的一切都变了。千米新街两旁,高楼林立,店铺成串。百货琳琅满目,店主春风满面,服务门类齐全。崭新的政府大楼挺立大街中段。"旬阳东大门"的巨幅门牌自豪地站立大街东端。农贸市场上叫卖声声,热闹非凡,犹如这一江汉水长歌不歇。当地群众也一改昔日的冷漠,热情了,健谈了:"我们这里的主导产业发展了,农民手头有钱了,程控电话开通了,有线电视安装了,乡村道路修宽了,市场也繁荣了。不要看这街面虽小,每日客流量超过千人,往返客车达十五趟之多。"

正交谈间,一声汽笛长鸣,渡船从对面北兰滩运过满满的一船人来。原来,他们有的是过来买菜的,有的是过来购货的,有的是过来招待客人的。噢!北兰滩,你是南兰滩的客人,你是南兰滩的朋友,你正迈开时代的步伐追赶南兰滩的现代文明。

(原载于 2001 年 9 月 8 日《安康日报》)

旬阳风情

吴家垭今昔

　　吴家垭是旬阳的一个小地名,现在是小河镇所在地。

　　素称安康地区北大门的小河镇吴家垭,位于旬阳县城以北六十一公里处,与商州的镇安接壤。从秦岭山系流经柞水、镇安而来的乾佑河与发源于南羊山脉的公馆河在此交汇并经旬河入汉江。102省道与小双(小河——双河)公路也在这里交会,地理位置特殊,水源、交通条件优越。

　　其实,过去的吴家垭并无几户人家,也没有什么集镇。十一届三中全会以后,当地的决策者们眼睛亮了,他们最先将区公所迁建于乾佑河北岸的吴家垭。以后,他们又筹集资金建成小河大桥。这下,小河沸腾了,各区属机关负责人纷纷从大桥那边过来了,选址、征地,一座座楼房拔地而起。短短十多年时间,荒凉的吴家垭建成了新街,一条宽阔的S型街道形成小河集镇的上街、中街和下街。

　　若说改革开放诞生了吴家垭新街,那么市场经济就带来了吴家垭新街的繁荣。天南海北的商贾云集小河洽谈生意,居民们一个个地撑起了门面,一些农村人、外地人也纷纷来到吴家垭争抢一席铺面,聪明的小河人不教自会地做起了房地产生意。机关单位、街道居民们迅速挤出多余房间,改装一新出租给个体户,当地人也都争先盖起商品房,一些个体商干脆自己盖起了旅馆、餐馆、商店……实在没有建房的地方了,人们便在公路一旁的崖壁上凿下一块地方,或是在另一旁的悬崖中用钢筋、水泥撑起一块宅基。小河街面各类商铺已发展到百余家,苏家美园三店、王家兴隆旅馆、金顺酒家的经营规模、豪华设备、烹调技艺让许多大城市来的客人都赞称一流。迅猛发展的个体运输业更为小河街注入了活力。南来北往途经小河的客车每日达到二十余趟。近两年间,吴家垭还有了汽车站、固定售票处、加油站、舞厅、金银首饰加工等。

听说国家要修西康铁路,地、县、区对小河镇建设提出了"重点倾斜,加快发展"战略。他们已经着手在吴家垭兴建一个大型卫生院,修建自来水厂搞人畜饮水工程,架设高压电,并进行集镇公路的截弯取直和加宽改造。到那时,小河镇——吴家垭将会成为安康地区的一颗璀璨的明珠。

(原载于 1996 年 11 月 11 日《安康日报》)

旬阳风情

153

绿染汉江

我住在美丽的汉江岸边，清清的江水伴我成长。不知何时，汉江在我心中留下了遗憾。遗憾的不是汉江自身，而是汉江两岸的荒凉。

记得许多年前，我常常凝望汉江两岸，无数次为之感叹："山上绿树成荫，山下清水长流，那该有多好啊！"

然而，月复一月，年复一年，只看栽树不见树，汉江两岸仍荒凉。

记得几年前的春天，旬阳响亮提出"生态立县"发展理念，成功举办"汉江（旬阳）生态论坛"，坚持实施"汉江两岸绿化工程"，渐渐抹去了我过去的记忆。

我经常穿梭于安康、旬阳、白河之间。每次在旅途中，我都会不由自主地透过车窗眺望汉江，发现两岸变绿了，而且一次比一次感觉良好。

从安康乘车回旬阳，一到旬阳段家河地界，首先映入眼帘的是公路沿线那绿油油的柏树苗覆盖满山。栽植规范整齐，造型美丽壮观，形成一道绿色风景线。树苗不停地生长，树干逐年地变粗，山坡也越来越绿，让人赏心悦目，清新舒坦。我想：再过若干年后，每株柏树都长成参天大树，那美丽的汉江将会水更清、山更绿、天更蓝、景更美，勤劳朴实的汉江儿女将会更加幸福美满，首都北京的人民将会喝上更加清洁甘甜的汉江水。

难怪原任陕西省委书记李建国视察旬阳汉江工程造林点后赞不绝口,也难怪现任陕西省委书记赵乐际看到旬阳汉江岸边满山柏树林后高兴地竖起了大拇指。

进入旬阳县段家河镇所在地的薛家湾村,公路两边开始出现比较平缓的坡地。当地人民将汉江绿化与发展经济林木有效结合起来。每到初春季节,樱桃花盛开,香气怡人,公路两旁雪白一片,绵延数里,形成万米白色长廊,吸引无数作家、画家、摄影爱好者来这里写生作画。花期过后,樱桃树被嫩绿的树叶包裹,白色长廊变成绿色长廊,另有一番韵味。待到樱桃成熟时,又似一条红色彩带挂在公路两旁,犹如人在画中游。

无独有偶,樱桃树长廊过后,遥望汉江南岸,你会看到山坡上整片整片的绿色林园,与顺流而下的清清江水遥相辉映,勾勒出一幅山清水秀的美丽画卷。我曾多次听人说那就是吕河镇冬青村的千亩狮头柑园。冬青村因盛产狮头柑而远近闻名。到了秋季,橘柑黄了,你就会看到满园金黄一片,那是硕大的狮头柑压弯了枝头染黄了青山。倘若置身其间,使人神清气爽,心旷神怡,仿佛进入世外桃源。我不由得发出这样的赞叹:"冬青村是旬阳汉江两岸绿化与发展经济相结合的又一杰作!"

旬阳县城位于汉江北岸,因其旬河北绕、汉水南流、阴阳回旋、状如太极,故称"太极城"。多年来,旬阳人在太极城的绿化上狠下了功夫。旬河北岸,山坡上那满山的柏树已经长大,四季常青,葱绿一片。由于那是机关干部植树造林点,加之我曾经参与其中栽树几年,所以每每看到它就倍感亲切,自豪无比。旬河南岸祝尔慷大道沿线,沿河千米金丝柳已长大成林,伴随着旬河清流迎风招展,成为太极城中的美丽景观。县委、县政府机关区后边的宋家岭,正在建设森林公园,竹园、杏园、桃园、梅园、柏树园和松杉园错落有致,各具雏形。一条宽阔的观景路盘山而上,直通宋家岭观景台。漫步园中,鸟语花香,凉风习习,周身通泰。站在观景台上,太极城美景尽收眼底,使人由衷赞叹!

汉江是陕南人民的母亲河,人们正在加快汉江两岸绿化的步伐。汉江两岸旬阳段的巨大变化,得益于当地县委、县政府的正确决策,得益于林业部门的组织协调,更得益于四十五万旬阳人民的辛勤耕耘。我要为汉江两岸的绿色欢呼!我更要为确保一江清水送北京叫好!

(原载于 2009 年 3 月 2 日《今日安康网》)

探寻蜀河古镇

在旬阳下游，汉水之滨，有一个美丽而神奇的地方——蜀河古镇。

她历史悠久，有文字记载的可追溯到西周时期。古蜀国沿汉水西迁途中曾在这里屯兵休整，境内有蜀王冢，蜀河由此得名。

她因水而兴，汉江、蜀河、仙河在这里交汇，船运盛极一时，曾被誉为"小汉口"。

她四通八达，沿汉江而上可达安康、汉中、四川，沿汉江东下直达汉口，陆路前往省城西安只有三百多公里。试想在交通运输极不发达的昔日，这是何等重要的一块"宝地"。

她商贸繁荣。明末清初发展迅猛，"康乾时期"达到鼎盛，"八大字号""六十九家商铺"闹红蜀河，成为当时陕南重要的物资集散地。

她文化源远流长。船帮、黄帮、陕帮、回帮、武帮、江西帮、四川帮、本地帮等八大商会组织的故事广为流传；黄州馆、三义庙、清真寺、万寿宫、武昌馆、杨泗庙、火神庙、五指柏等八大文化古迹令各地游客无限神往；古街道、古民居，雕梁画栋、青石屋瓦，无不在向人们诉说着蜀河古老的历史。

船帮与杨泗庙

蜀河古镇昔日的鼎盛源于蜀河古渡。古渡遗址在今蜀河镇南街头,其前临汉江,后靠绝崖,上为汉江蜀河大桥和汉江蜀河电站,下为汉江与蜀河交汇口。

在没有铁路、公路之前,交通运输主要靠汉江黄金水道上的船运。据当地老人讲,蜀河古渡船只最多时达到百余艘,从码头一直摆到金子沟(现汉江蜀河电站处),足有一点五公里。可谓百帆林立,百舸争流,十分壮观。最为著名的船只有大摆江、大楸子船,吨位达到六十余吨,小船系列的有老鸦船、小划子等。这些船只主要是货船,专门为旅居蜀河的客商往来运送货物。

蜀河船运业的兴盛催生了船帮。船帮是由船主们自发组建起来的民间组织,主要是协调船帮内外关系,处理船帮公共事务,维护船运正常秩序和船员正当利益。

那时,船帮从蜀河至武汉往返一次需要半年左右的时间。每年桃花水(春季桃花盛开汉江第一次潮水)时就是出船的时间。每次出船都要举行隆重的仪式,场面颇为壮观。

在出船的头一天晚上,船主要把船工召集起来,设宴款待,交代相关事项,征求大家意见,化解各种矛盾,要求一旦上船必须精诚团结,和衷共事。

船队出发叫开头。开头时第一要燃放礼炮,就像现在的鸣炮开会;第二要烧香磕头,拜敬水神;第三要杀鸡见红,就是选一只大红公鸡在船头宰杀,将鸡血洒向江面,表示吉利。据当地老者讲,船工是高风险作业,非常辛苦,触礁打船、遇浪翻船、累死淹死的事情经常发生。举行这样的仪式,寄托了人们对船工的祝福。

六十吨大船上需要船工十五人左右,普通船只需要船工五人左右。船工分太公(船长)、拦头(撑篙人)和水手(普通船工)。一般情况下,行下水船比较顺利,行上水船则十分艰险。

若遇顺风，挂起船帆，靠风力行进，只需一人掌握帆的方向，其他船工可进船休息。没有风的时候，船工们就要下船拉纤。若遇到大滩，往往要集中三四艘船只的船工联合拉纤，人手不够的话，还得找当地群众添纤。早时候，不少大滩的地方就专门有吃添纤这碗饭的人。拉纤的活路是很辛苦很悲壮的。船工肩扛纤绳，脚蹬顽石，喊起号子，弓身前行。一天下来，有的脚板都是血泡，有的肩头全部红肿，有的累得吐血，有的当场晕倒。难怪人们说船工是"三子"：出航的时候像"舅子"，拉纤的时候像"孙子"，回镇的时候像"公子"。这充分体现了汉水船工们能屈能伸、有张有弛的乐观人生。

随着船运业的发展，船帮队伍不断壮大。那时从事造船、修船、编纤、开船的船帮会员多达千余人。他们不仅为蜀河的商贸流通做出了贡献，而且创造了独具特色的汉水船帮文化。他们在辛苦的拉纤过程中创造了恢宏悲壮的汉江号子，他们自发组织集资修建的船帮会馆——杨泗庙，更是汉水船帮文化的结晶。

杨泗庙位于蜀河镇后坡南端，坐西向东，背依山坡，南临汉江，面对蜀河，站在庙前就能直接鸟瞰到码头和船舶。其现存建筑主要有上殿、拜殿、乐楼和门楼。庙内供奉的杨泗，人们说法不同。一说杨泗将军是一个因治水有功而被封为将军的明朝人，一说杨泗将军是像晋朝周处那样的敢于斩杀孽龙的勇士；一说杨泗将军就是南宋农民起义领袖杨么。不管哪种说法，民间特别是船民都把他作为行船的保护神加以膜拜。

船帮修建的杨泗庙在当时可能承载着四个方面的功用：一是祭祀的功能。在船民的心目中它能保佑船舶平安、码头兴旺。每当开船出航之际，船工们就会前来烧香祭拜，祈求平安，寄托对亲人的无限情思和美好祝愿。特别是船工的父母、妻子、儿女,他们常常站在杨泗庙前盼望远航的家人早早归来。二是为保一方平安,庙旁横卧有镇江石龟。三是码头船舶的管理单位。庙内所存清同治六年(1867)和光绪八年(1882)的保护船户利益碑具有较高的历史价值。据记载,当时根据船只吨位大小,每年要收取一定的管理费。有一年有一个船霸私自抬高管理费,引起船主们的不满,上告县衙,县令颁布指令,限期纠正,否则依法论处。这充分说明当时的政府是保护船帮利益的。杨泗庙还发挥着水文监测职能。庙门北端有二石窟,石窟外壁嵌有同治十一年(1872)所刻《重修朝阳古洞志碑》,古洞前石崖上有明弘治十一年(1498)、万历十一年(1583)和一九八三年汉江洪水题刻三处,为重要水文资料。四是公众文化活动场所。每逢节日庆典、重大集会,船帮都要在杨泗庙的戏楼上演出戏剧,其中有汉剧、二黄、豫剧、秦腔、地方小戏等等。演出时,人山人海,热闹非凡。

商会与黄州馆

蜀河船帮和船运业的兴起标志着蜀河商贸流通的繁荣昌盛。由于独特的地理位置和交通优势,蜀河吸引了大量外地客商拥入,其中最多的是湖北、关中、河南、四川等地客商,尤以湖北、河南客商居多。

这些外地客商云集蜀河,从事各种商业活动。据说当时形成规模的商家有六十九家,其中资产过万元的有十二家,有十一家商号能够自己印制货币,最著名的有八大字号,如恒玉功、元茂台等。

那时在蜀河做生意的各地客商,他们所做的并不是在街面开一个门面零买零卖的小打小闹,而是大批量购入大批量发售的大买卖。较大一点的商号一般都有商铺、货栈(仓库),并雇有船帮和马帮。他们把收购的桐油、药材等山货土特产通过船帮运往汉口,再把武汉的瓷器、食盐、白糖、绸缎、煤油、火柴等日用百货通过船帮运回蜀河,然后兵分两路,水路雇船把日用百货沿汉江而上运往旬阳、安康、汉中、四川,陆路通过马帮从蜀河古道出发,经公馆、小河、镇安、柞水,越秦岭直达省城西安。在旬阳境内的羊山和蔡家岭有两处骡马店,就是当时马帮歇息的地方。据蜀河退休老干部庹金跃讲,在他记事的时候出入蜀河的骡马有一百多头。

商务活动的繁忙和复杂,需要按照一定的规矩和章程办事,于是代表各地客商利益的商会组织应运而生。黄州客商建立了黄帮,关中客商建立了陕帮,江西客商建立了江西帮,四川客商建立了四川帮,武昌客商建立了武帮,回民客商建立了回帮,船民建立了船帮,当地商人建立了本地帮。

八大商会活跃在蜀河,八仙过海,各显神通,描绘出千年古镇的商贸繁荣景象。一业兴带来百业旺。造船、修船、编织业诞生了。旅社、茶馆、酒店、烟馆出现了。棋牌、麻将、说书等娱乐业兴起了。各种小吃遍布街头,有名的有回民的羊肉包子、羊肉火烧,还有肉包子、菜包子、锅盔、锅贴、凉粉、凉面、甜酒、油条、麻花、芝麻糖等等。私塾、公学很有规模。公学校长项老先生声名远播。项家药铺、郑家药铺十分有名。钱庄、当铺门前人流如潮。铁匠、铜匠、银匠、锡匠应有尽有。民国十年,蜀河出现了最早的电报局,它是随着船运、货运、商贸的发展应运而生的,主要是沟通市场信息,方便生意往来,由此可见蜀河当时被称之为"小汉口"是名副其实的。

八大商会不仅在蜀河从事商务活动,而且发扬了各自的文化。他们纷纷建起自己的公共聚会场所——会馆。黄帮建起了黄州馆,陕帮建起了三义庙,回帮建起了清真寺,江西帮建起了万寿宫,武帮建起了武昌馆,船帮建起了杨泗庙,本地帮建起了

火神庙,加上蜀河中学的五指柏,构成蜀河古镇的八大文物古迹。在古时不足一平方公里的蜀河古镇,竟然有这么多的文化古迹,充分表明那时蜀河的经济、文化、社会发展盛极一时。

黄州馆位于蜀河古镇下街后坡,清代时由湖北黄州客商建立,是陕南规模最大、最具代表性的会馆杰作。远观,气势恢宏;近看,细节精致,无处不透着当时会馆的精雕细刻与繁华景象。黄州馆由门楼、乐楼、拜殿、正殿构成。门前和台阶上有对称的石狮和抱鼓。中柱、边柱以及次楼均为砖砌,砖面模印有阴文楷书"黄州馆"三字。牌楼与乐楼巧妙相接,浑然一体,其设计之精心,构筑之巧妙,不可多得。乐楼为高台建筑,前台不设山墙,观众可以从正面和两侧观看演出,楼上有金匾一幅,楷书"鸣凤楼"三字,相传为武昌某状元所书。拜殿在正殿之前,与正殿均为硬山式顶。

黄州客商有四种大型活动需要在黄州馆举行:一是召开年会,商讨黄州客商一年的生意大事,进行科学决策;二是通过每年定期举办广交会的形式,洽谈生意,签订订货合同,把生意做大做强;三是举办大型的文艺演出活动,活跃黄帮会员精神文化生活;四是开展黄帮的各种庆典活动。

至于黄州馆建设得如此精雕细刻、富丽堂皇、美丽壮观、气派非凡,则主要是想显示黄帮生意兴隆、实力雄厚、势力强大、领军蜀河商场的主导地位。

移民与古民居

在文物普查中,陕西省旬阳县惊喜地发现了二十六座清代民居。文物专家称,我国北方发现保存如此完整、又具有明显长江流域楚文化特色的清代民居群,在我省尚属首次,在全国也属罕见。

旬阳县清代民居零星分布在汉江沿岸的蜀河镇、双河镇、红军乡等乡镇,四周多依山傍水,地势开阔,树林葱郁,良田环绕,交通便利,连贯成一条大环线。布局以对称均衡的单体天井院落为主,屋面样式集风火墙与硬山并存,抬梁式构架与穿斗式构架同用。各具情趣的局部装饰突出整体装饰的艺术个性。其中垛头装饰多以泥塑瑞兽、彩画百禽、人物花草为主;门窗装饰多以线刻、透刻、浅浮雕等手法反映"福禄寿喜"为主;脊饰、桃枋、撑拱、柱础等装饰亦各具特色、生动传神,集中体现了南北兼容又相对独立的长江流域楚文化特色。

据史料记载,在明清时期我国曾经发生过两次大规模的移民运动,旬阳境内多为湖广移民。为什么移民看中旬阳这块地方?为什么移民主要分布在汉江两岸及蜀河沿线的蜀河、双河、红军等地?为什么来到旬阳的多为湖广移民?其原因直接与蜀河古镇昔日的兴旺发达有关。那时蜀河古镇是陕南商贸重地和重要的物资集散地,而且交通便利,四通八达,适宜人群居住和开发。移民选择这块地方充分展现了他们的战略眼光。当时的交通线路主要有两条,一条是沿汉江而上到安康、汉中、四川的水路,一条是沿蜀河古道去西安的陆路,移民在汉江两岸和蜀河沿线也就顺理成章了。从地理位置看,湖广移民经汉江黄金水道直达蜀河,方便快捷;从蜀河商贸情况看,湖北客商人数最多、势力最大,在他们的作用下,湖广移民多来旬阳落户就不足为奇了。

蜀河古镇的民居也多为移民所建,且具有明显的南方建筑特色。正街均为木质结构的楼房,门面全是木板,开门时将木板一块一块地取掉,关门时又将木板一块一块地装上。木板门、木板楼、防火墙、瓦屋顶形成蜀河古镇独特的民居风格。防火墙是户与户之间的隔墙,青砖砌成,直至屋顶,以免发生火灾。古镇民居也多为单体天井院落,许多移民的后代还居住其间。那天,我们来到孙家老院,房子里面全是古老的桌椅、板凳、厨具、器皿等等。朋友想买那个古铜盆,房主说家中其他人都在外地工作,让他看家,不能卖。朋友想买屋里的一块石头,主人还是不卖,并说卖的钱用了就完了,东西放在那里就永远存在着。看来,蜀河古镇的居民还是有文化品味的。

纵观旬阳清代民居的外部特征及内部装饰艺术,与同期我国长江流域民居建筑有诸多方面的联系。它的形成历史不过二三百年,正好与蜀河古镇的鼎盛时期相一致。这些民居的缔造者多数来自我国南方,他们既不是达官显宦,亦非名门望族,却能在民居建筑中表现出一种进步群体特有的志趣和情怀,包括对祥和、安定、幸福生活的企盼和向往,对个性精神自由的咏唱和张扬,对传统道德的传承和光大,对文化艺术的追求和品位。追溯清代民居的渊源,当是清代湖广等地移民文化的产物,也是蜀河古镇昔日风采的见证。

（原载于 2007 年 6 月 29 日、7 月 6 日、7 月 13 日《安康日报》,入选《百度文库》）

一位作家与一座古镇

　　一座城市的文明靠的是文化传承。千年古镇蜀河，作为汉水文化的活标本，被公布为中国历史文化名镇，得益于历史悠久的古镇文化和传承古镇文化的那些人。

　　文化是一座城市的灵魂。蜀河古镇在风雨飘摇中一路走来，灵魂不散，成为世人关注的热点，不知倾注了多少人的心血和汗水。这里我要讲的是一位作家与蜀河古镇的故事，可以说，如果没有这位作家的眷顾，不可能有蜀河古镇的今天。

　　这位作家叫陈长吟，他不仅是著名作家，而且是学者、书法家和摄影家。他是从汉水之滨的安康走出去的文化名人，虽然定居西安，但心系家乡。多少年来，这位汉水之子念念不忘生他养他的安康，倾情汉水文化的探寻和研究。他的脚步不知从汉水源头到汉口之间走过多少来回。他一直在寻觅，当来到蜀河古镇的时候，他激动了，从此一发而不可收，先后五次踏进蜀河这块热土。

　　记得那是一九九九年的春天，陈长吟老师沿汉江考察，到蜀河古镇时已是傍晚，住在一个叫"夜明珠"的小旅馆。第二天早上，去镇上观光，看到蜀河镇的石板巷道、连片成阵的坡地院落，他连连称奇。他联想到老家西路坝上的王彪店小镇，虽也有一排老房子，但短小多了，简单多了，并且逐年减少，正在被新厦替代。蜀河镇上的各种店铺，杂货小吃，居民生态，让他找

回了逝去许久的童年光景。

当时,镇街上的古建筑"杨泗庙"和"黄州馆"都大门紧闭,铁锁高挂,无人问津。他通过小旅店的主人找到他们的熟人,才得以开锁进去。看到杨泗庙里是停产的地毯厂,蛛网罗布,尘灰飞扬,只有一个门楼昂然屹立,但砖墙残断;黄州馆里是粮食仓库,很高的屋顶,很厚的墙壁,飘散着一股粮食的霉味儿。"鸣盛楼"雕梁画栋,舞台宽阔,楼顶一边是悬龙,一边是飞凤,相映生辉。可惜的是,悬龙没了尾,飞凤掉了一个翅膀,都摇摇欲坠……

他又去看了清真寺、三义庙。老居民告诉他一个过去的顺口溜:"杨泗庙一枝花,黄州馆赛过它,三义庙矮扑塌,火神庙红疙瘩。"描述了几大古建筑的特色盛景。但是,博彩已经消褪,只留下灰色的印痕。

此情此景,在作家内心激起层层涟漪。他被蜀河古镇的古街道、古民居、古建筑和历史文化古迹深深吸引。他觉得蜀河古镇浓缩了汉水文化的精髓,对研究汉水文化具有不可低估的重要作用。同时他也为杨泗庙、黄州馆等古迹的破败凋零景象所忧虑。一种惆怅情绪涌上心头,他随之萌生了要呼吁保护蜀河古镇的念想。

回到西安,他写下了《蜀河古镇》一文,除了对古镇风情和人文的描述之外,还对古镇的破败景象进行了真实的记录。通过这些文字,可以看出作家当时集兴奋和忧虑于一体的复杂心情和大爱情怀。这篇文章首先发在"古城热线"网站论坛的"游山玩水"栏目中。那时,自助旅行已风起,网友们得到信息,便乘火车、汽车或自驾车奔赴陕南。后来,这篇文章又发在全国公开发行的文化旅游性的刊物《丝绸之路》上,被外地更多的读者所看到。有一位法国画家与他的中国女友来西安,准备找一个古镇，买一套老房子定居下来，陈长吟老师就推荐了蜀河。法国画家携女友专程去看了，回来说，镇子规模还可以，就是红砖新房太多。

二〇〇七年夏天，陈长吟老师以中国散文研究所所长和中国散文网总编的双重身份组织"太极城笔会"，从北京请来了王宗仁先生、陈亚军女士，还有西安的孔明、庞进、杨莹、新民、王春、史飞翔、李梅、田超、董雯等作家，前往蜀河古镇采风。看到有些古民居变成新砖房，有些古建筑日益残破，尤其是看到有名的杨泗庙和黄州馆的部分附属建筑多处出现脱落塌陷等情况后，他的心中十分焦急。在旬阳县城召开的座谈会上，陈长吟老师就蜀河古镇的保护问题，发表了写给时任旬阳县委书记马赟的一封公开信，谈了自己的认识和看法。他认为，此事纯靠民间力量不行，还得政府出面，希望旬阳县委、县政府将蜀河古镇的保护和开发工作提上议事日程。县委书记要求把这封公开信发在政府网站上，让各个机构各级干部都能看到。我从旬阳政府网站看到的这封信的题目是《蜀河古镇，汉水文化的标本——致旬阳县委书记马赟的一封信》，信中对蜀河古镇的保护和恢复提出了六条很好的建议，主要内容有：为保证古镇的纯粹风貌，禁止在老街上盖新房；对老街上的危房进行维修；增加服务设施，增加旅游景点；制定有效的安全、卫生措施；借助媒体宣传，扩大古镇知名度；制定切实可行的政策，欢迎外边的单位、企业、个人、一切有识志士来古镇进行有序的投资、经营、开发等。这些建议引起旬阳县委、县政府对蜀河古镇保护和开发工作的高度重视，安排相关部门指派专人对古镇文物进行调查摸底、编号登记、挂牌保护，并规划设计、争取项目、分期实施，取得实质性进展。这期间，陈长吟老师还有到蜀河古镇挂职深入生活的打算，马赟书记表示大力支持，还叫来镇长做了交代。后因他西安那边的事情较多终未成行。

二〇一三年夏天，陈长吟老师听到"蜀河古镇已被列为陕西历史文化名镇，陕西最美丽的小镇，准备申报中国历史文化名镇"的消息后，异常激动。他给我打电话说："蜀河古镇迎来了千载难逢的机遇，作为当地的文化人，我们应该为蜀河做些事情。他建议再次邀请知名作家深入蜀河采风，组织编印《走进蜀河古镇》一书，以文学手法和图文并茂的形式推介蜀河，促进中国历史文化名镇的早日命名。听了陈长吟老师的想法，我茅塞顿开，非常高兴，举双手赞成。他还把北京的王宗仁、王培静，西安的韩红艳、刘宁等作家一并邀请过来，再次深入蜀河古镇采风。为了避免以往采风中出现的"时间紧、难成稿"等问题，这次陈长吟老师安排作家在蜀河古镇住三天，深入挖掘，细致采访，认真感受，并要求采访团每位作家必须撰写至少一篇以上的散文随笔。经过几天的采访、拍照、座谈、交流，作家们拍摄了大量的图片，收集了翔实的资料，记录了丰富的内容，为成文成书奠定了良好基础。之后，陈长吟老师精心策划，认真设计，严格审稿，反复修改，细致编辑，以最快的速度保证了《走进蜀河古镇》一书的出版发行。没想到的是，这本书的影响力那么大，出版不久就被抢购一空，随后又进行第二次印刷，还是供不应求。不少人打电话来索要此书，许多同行认为这种方式别出心裁，宣传效果很好，大加赞赏。正是，江山还需文人捧，酒好也要勤叫卖。陈长吟老师对蜀河情有独钟，他早已把宣传蜀河古镇作为一种自觉行为。用他自己的话说，五下蜀河，绝非功利因，全是因为它的滋味让我留恋不已。令人欣慰的是，在《走进蜀河古镇》出版发行之后，蜀河古镇申报"中国历史文化名镇"也顺利通过验收，并挂牌命名。不能说这本书的作用有多大，但其对申报命名工作无疑起到了积极的促进作用。

《一位作家与一座古镇》这篇文章要写的内容很多,因为陈长吟老师为蜀河古镇所做的事情远远不止这些,比如:陈长吟老师先后五次来到蜀河,我这里仅仅写了三次;还有陈长吟老师为蜀河写过不少精美的文章,我这里仅仅点到他写的第一篇文章《蜀河古镇》;还有他为蜀河留下了不少书法作品,拍摄了大量古镇的图片,这些作品对蜀河古镇所产生的宣传效应,无法一一枚举。

陈长吟老师对蜀河古镇的青睐,纯属一种汉水儿女对故乡的赤子情怀,一种中国文人对地域文化的责任和担当。这种精神和善举,蜀河会记住的,汉水会记住的,旬阳人民会记住的。

（原载于 2015 年 8 月 17 日《中国散文网》）

旬阳风情

水泉坪风景

　　水泉坪是旬阳县一个颇有名气的地方,位于仁河口乡西北方十公里。说是坪,实则地处海拔近千米的高山上;说是山,山巅却有一处长四公里,面积近千亩的平原。大自然的鬼斧神工使两座高山间一河谷淤积成四公里平川,一条水泉河沿川头的王莽山流经水泉村、桥上村约四公里外的川口,突然飞落山下。

　　水泉坪,有水,有泉,有坪,故曰水泉坪。水泉河河水源远流长,清澈见石。水泉坪的泉,水质甘甜,冬天里温,夏天里凉。水泉坪的坪,地处山顶,宽阔平坦,美丽壮观。

　　谈起水泉坪,人们总会联想到:那里是高山顶上有平原的地方,千亩稻田飘香的地方,盛产白果的地方,有一泉冬温夏凉的好水的地方……当地人常用这个故事来炫耀水泉坪风景独好。旬阳县城初建时选址于水泉坪,城建破土时冒出一泉好水,掘之三尺,泉水奔涌,泉中竟跑出一只羊来。人们寻羊到今旬阳县城的葫芦岛,不见了羊,便开挖寻找,最后将县城建于葫芦岛上,取名"寻羊城",后音译为"旬阳城"。自然,这只是流传于乡间的一段传说,真实不可考。

　　改革开放的春风吹醒了沉睡中的水泉人民,他们开始坚信只有靠自己的力量才能征服自然。数年间,水泉公路修通了,水泉电站建成了,水泉村办企业发展起来了。水泉人民告别了煤油灯,成千上万的群众沿着宽阔的公路拥向外面的大千世界。他们走出山门请回技术员,积极推广水稻温室两段育秧新技术,亩产超千斤,过去年年愁吃饭的水泉人再也不用愁了。水泉人还学会了"联姻",他们争取省、地、县种子公司把水泉坪确定为秦油二号油菜制种基地。过去只管眼前利益的水泉人,如今也懂得了立足当前,着眼长远。他们积极在荒山上兴建经济林特园一千八百亩。

今日水泉坪,满山是绿色的海洋,遍地是金色粮仓。每到果香稻熟季节,远处的客人纷纷前来用大豆、小麦换取香甜的大米。商人都慕名前来水泉坪抢购白果、茶叶、板栗……水泉坪人用辛勤汗水描绘的水泉坪风景将会更加美好。

(原载于 1995 年 9 月 23 日《安康日报》,入选《中国二十世纪微型文学作品选集》)

旬阳风情

再访水泉坪

十三年前,我到过仁河口乡水泉坪,被那高山平原的美丽自然景观陶醉,于是挥笔抒写了一篇《水泉坪风景》。十三年后的2008年冬季,我再次来到仁河口乡水泉坪,被这里的今昔巨变震撼,为这里的崭新景象激动。

在乡党委刘书记的陪同下,我们向水泉坪方向一路走来。汽车行进在坚实的通村水泥路上。青青的柏树栽满道路两旁,使人清新舒坦。听人介绍,这条通村水泥路长十二公里,是乡村两级抢抓新农村建设机遇修成,现在上山只用二十多分钟。行道树也是水泉人民奋战两年栽活的。我不由得想起第一次到水泉坪的情景。当时仅有一条简易山路,由于坡度大路基窄路面坑洼不平无法通车,上山推着自行车累得满头大汗,下山拖着自行车吓得魂飞魄散,一次行程用了整整一天。

上到山巅村口,我们下车步行。八里平川千亩稻田突现眼前。水泉河细水长流,清澈见石,依然穿行在高山平原中间。然而,更加吸引我们眼球的却是出现在水泉坪上的那一道道新的风景。

走在水泉河上,我惊奇地发现有一道长长的河堤守护在河边,堤上出现了一座座石拱桥连接河的两岸,形成小桥流水人家的美妙景观。桥上来回穿梭的人们,个个笑容满面,用他们的喜悦表达生活的美满。听说为修河堤乡上投入资金百万元,河上架桥八座,明春还将在水泉河两岸栽植柳树绿化,到那时这里的景色将更加美好。

　　宽阔无垠的稻田悬架在海拔千米的高山上，水泉河滋润了千亩稻田。田头山口有一个制作精美的招牌——水泉坪生态农业示范园映入眼帘，"古有桃花源，今有水泉坪"直书牌上。富有科技意识和生态意识的水泉人民在千亩稻田上大做文章。每年一季水稻一季油菜，施肥用的是农家肥，防虫用的是荧光杀虫灯。水稻产量高、质量优、味道美，供不应求。油菜种植成为省级油菜制种基地，水泉坪牌生态菜籽油远近闻名。最让各地客商慕名的是水泉坪的白果，上百株银杏树不仅点缀了水泉坪的风景，而且为群众带来丰厚的收入。

　　特色民居是水泉坪的一大奇观。这里的人们很有眼光，他们把房子都建在稻田两边的山脚下，丝毫没有挤占稻田的一边一坎。房顶是清一色的石板，墙壁是清一色的土坯，古朴幽雅，别具特色，均是就地取材，经济适用。然而，更有眼光的是当地政府在水泉坪新农村建设中，保留了三百二十五户土坯墙石板房的原貌，只做墙体刷白、地面硬化的修饰，使其成为水泉坪的一道亮丽风景线，吸引无数作家、画家和西安高等院校学生前来采风作画。

　　循环农业是水泉坪的又一美景。你看那生态农业示范区内一百〇五户圈、厕、沼一体化示范点，户户厕所翻盖一新，男女分开；猪圈标准规范，肥猪满圈；沼气燃烧做饭，干净卫生。水泉人从此告别陈规陋习，走进乡风文明的新时代。

　　日暮快要降临，我们不得不离开水泉坪。回眸水泉坪两岸山坡上，漫山遍野，树木密布，千亩板栗园镶嵌其间，与山下那石板房、银杏树、水泉河、石拱桥、圈厕沼、千亩稻田融为一体，交相辉映，妙趣天成，好一个人间仙境，世外桃源！

　　（原载于 2009 年第 1 期《汉江文艺》）

173

天门山探险

在旬阳生活了几十年，天门山听说了无数遍，但一直没有去看。三月二十一日这天，是周六，也是春分，正好雨后天晴，阳光灿烂，与几个朋友相约，驱车前往天门山去探险。

出旬阳县城，沿汉江北岸的 316 国道东下。朋友开车，我坐副驾驶位置悠闲自在。偏头右望，汉江碧波荡漾，江边油菜花黄，山上的草木开始发芽，嫩绿可人，与那巴山上空的蓝天白云融为一体，好一幅美丽的"空山新雨图"，让人陶醉。

不知不觉到了关口镇，镇子坐落在汉江北岸的秦岭余脉末端。车子左转要进山了。山很大，一条关子沟将两山分开，溪流从山上奔涌下来，汇入汉江，入口的地方叫关口。我们沿沟旁的一条进山公路盘旋而上，路很窄，山很险，有点当年西康高速未通之前坐班车翻越大秦岭的感觉。

车行山顶，没路了，我们下车。看到刻着"八卦山"的石碑立在山头。人们说旬阳县城是太极城，周围有八座山形似八卦，看来天门山应是其中的一座吧。站在碑旁远望，天门山跃入眼帘。我惊呼："到了！"朋友说，看着很近，走起来很远，没有两三个小时怕是到不了跟前。

我们一人找了一根木棍，拄杖前行。因为才下过春雨，路面有些湿滑。走过一座山梁，其中两人累了，不愿再走，就地休息。我和另外一人觉得来一趟不易，坚持继续前行。

拦在我们面前的似乎还有四座山峰，山不是很大，但山势奇险。我俩稍做休息，起步爬山。这座山很陡，脚尖和鼻子尖都快要贴到山崖了。我们走得大汗淋漓，气喘吁吁。我们一鼓作气，上到山梁，发现多处寨墙遗迹。原来这里过去建过山寨，住过土匪或者义军。我们坐在寨墙上休息，想着这些石墙是建于明代还是清代，这里曾经发生过什么惊心动魄的战斗。

我们开始翻越下一座山峰了。走过两座山峰间的洼地，人就站在另一座山峰的半山腰了。抬头，山崖陡峭，直插云霄；低头，万丈深渊，望不见底；那条小路窄得难容双脚。我们吓得发抖，紧贴山体行走。好不容易翻过这座山峰，已是腿脚发软，四肢无力了。

天门山已经近在咫尺了，再翻一座山峰就可抵达，我显得异常兴奋。朋友说，我们已经徒步两个多小时了，剩下的这点路程，没有个把小时怕是不行。时间已经是下午四点，我们丝毫不敢耽搁，挪步准备下到两山之间的洼地。朋友没走两步吓得退了回来，说没路了，不如返回去算了。我不甘心，试着下去，刚走两步就吓得直打哆嗦。只见怪石嶙峋，无处生根，确实插翅难飞了。

我在那里停了很久，觉得前功尽弃十分可惜。这时朋友说，身后好像有路能通山下。我们疾步返回，从那条几乎看不见的毛毛小路下山，绕了好大一圈，方才走到另一座山峰面前。没想到这座山峰比刚刚走过的那座山峰更险，路更窄。我俩手抓住山石边的枝条，相互照应，谨慎爬行。有些路段，有人们用铁丝捆住树干做成的简易护栏，我们就牢牢抓住它，担心稍有不慎会跌落山下。突然，眼前出现断崖，幸亏有人用粗细不一的木棍搭了个扶梯，方才攀爬上去。

走过这座山峰就来到了天门山前，我们惊呆了！天门山太

美了！我们放声呼喊，回音在山谷飘荡，荡气回肠。天门山很高，飞机可以穿越而过。天门山很宽，几辆汽车可以并行。天门山是两镇分界线，洞这边是关口镇地域，洞那边属双河镇管辖。我们在洞内来回穿越，不停照相，想把这大自然的美景永留身边。我们在天门山前谈天，猜想大自然到底是如何鬼斧神工造出这方胜景。我们还猜想，是不是外星人来过这里，特意留了个记号。不论怎样猜想，最终也找不出满意的答案。

从天门山回家，已经夜深人静。第二天，我用微信发了几组天门山的照片，引来未曾谋面的安康文艺界老前辈王保的关注。他说："天门山是沿袭张家界的叫法，双河当地叫穿崖山。那里还有一段美丽的神话故事呢，攀强有时间再访当地土著吧。"

本来我想有机会再去一次，等挖掘出精彩故事之后，写出一篇像样的文章。但又担心时间久了，登山时的那种感觉消失，难以回味，于是草草写下上面的文字，留下遗憾。

（原载于 2013 年 3 月 29 日《中国散文网》）

第四辑 往事如烟

在那大山深处

那年我十九岁，刚从学校毕业参加工作，单位在汉江之北的秦岭山脉。我所在的小镇再往北走就是商洛镇安，回身朝南则是安康旬阳，被称为陕南安康的北方门户。

区上开会，安排干部下乡催收农业税，要求每名干部负责一个村。区委书记望着我，那眼神分明是对我表示怀疑和担心。因为区上干部都是久经考验的老同志，唯独我是初入社会的毛孩子。青年人都有自我表现意识，我的表现欲更为强烈，在领导和同事面前，我夸下海口，独自领受了一个村的任务。

时间大概是麦收季节的某天，我早早起床，穿好球鞋，戴着草帽出发了。我要去的村子靠近镇安，从小镇沿 102 省道走十几里，下到公路右侧的河边。那条河叫乾佑河，发源于秦岭深处，流经柞水、镇安、旬阳，汇入汉江。我脱掉鞋袜和裤子，连同那顶草帽，用裤带捆在一起，高高举上头顶，涉水蹚过河去。在河岸穿戴整齐，徒步上山。山路很窄，崎岖难行，荆棘不时地挂扯身上的衣服，有时毫不留情地整破我的脸皮和手指。还有野树枝叶上的毛虫时不时地咬我一口，热辣辣得疼痛难忍。不知过了多长时间，终于走到半山腰的人家，正好村干部就在这户人家的院子。说明来意，他们招待我吃饭，饭菜很是丰盛，酒是地道的甜秆酒。饭后村主任把几个村民小组长找来安排任务，我和村主任一起入户开展工作。第二天各自行动，我还是和村

主任一起。第三天下午各组集中在村主任家汇总情况，结果是阳坡五个组的农业税全部收齐，阴坡的六组还没有启动。村主任说，六组在山梁的那边，路途遥远，户数很少。以往的工作只要把阳坡五个组做好了就算完成了任务，建议六组就不用去了，回头有村干部过去办事，顺带收齐补上就行了。

我是一个比较认真的人，平时做事总爱追求完美。如果留下一个组，哪怕只有几户人家，也不能算作完成任务。于是我决定继续上山，到山的那边去寻找六组。看到村组干部面露难色，我知道夏收夏种时节，农民都要龙口夺食和抢墒抢种，于是安慰他们留在家中生产，我一人上山。村组干部不太放心，反复叮咛，上山只有一条岔路，千万记住沿着大路行走，并一直站在村头目送着我渐渐远去的身影。山上的路实在难走，不一会儿全身湿透，筋疲力尽。但是看到天色将晚，我丝毫不敢停步。不知不觉来到岔路口，我却不知要走哪条路，村干部说让我走大路，可是两条路都是毛毛小路，根本分不出谁大谁小。这时已经夕阳西下，天空罩上暗色，我的心里有点紧张了。我仔细观察左边那条路，杂草丛生，好像很久没人走过。再看看右边那条路，虽然也是杂草丛生，可是好像有人走过的痕迹，于是决定走右边的小路。走着走着，猛然发现一条蟒蛇横卧路上，有茶缸那么粗，扁担那么长。我倒吸一口凉气，浑身哆嗦成筛糠，站在那里呆住了。好不容易醒过神来，眼前的情景吓得我更是魂飞魄散。只见蟒蛇前面不远处是一条巨大的山涧峡谷，山上的瀑布飞落谷底，形成万丈深渊，小路的尽头是绝崖峭壁，直插深潭，真像电视剧里的断肠谷。我站在那里一动不动，想回头逃跑，害怕蟒蛇追击将我吃掉；想主动发起攻击，担心斗不过它反而为其所伤，弄不好还会跌入绝谷一命呜呼。怎么办呢？这时我想起母亲曾经对我说过的话。她说，蛇不乱咬，虎不乱伤。

在山中如果遇见长虫拦路，那是它在向人讨要口风。我原本不信这个，但此时宁可信其有，于是我悄声对蟒蛇说，假如有朝一日我飞黄腾达，一定好好报答。说完看看蟒蛇，发现它还在那里躺着，似乎对我没有怒目而视和恶意伤害的意思。我壮了壮胆，慢慢后退，等到退得离蟒蛇远了，猛然转身，朝着左边那条山间小路飞奔而去……

　　醒来已是第四天的下午，睁开双眼，发现自己躺在农家小屋的木床上。身旁的少女，身穿粉红色上衣，头上梳着两条长辫，大眼睛忽闪忽闪，长着两个小酒窝的小脸正望着我微笑，活像一枝含苞待放的红玫瑰。"爷爷，他醒了！"女孩向门外喊叫。随着喊声，从门外走进一位老者，大约六十岁上下年纪。女孩从厨房端来香菇炖鸡，说快吃吧。我边吃边问，为什么自己会在这里。女孩说，昨天晚上，有人在山梁上大吼，说有条饿狼扑进屋子。话音刚落，就见屋里倒下一人不省人事，身上的衣服被刺挂破多处，脸上手上满是血迹，样子非常吓人。我向女孩和爷爷讲述了山谷的遭遇和此行的目的。爷爷让女孩在家照顾我，自己出去寻找六组组长商量事情。不一会儿，组长来了，这是一位四十开外的中年农民，长得憨厚敦实。他显得有些激动，说这个地方好多年都没有来过区乡干部了。组长对我说："你身体刚好，在家好好休养，我和琴儿的爷爷出去收缴税款。"说着就走出门去。到这时，我才知道女孩的名字叫琴儿。组长他们走远了，还不放心地回头叮咛琴儿，要好好照顾区上干部。第五天，我和琴儿在家，她带着我在山上转悠，一眼望去，莽莽苍苍，云雾缭绕，森林密布，鸟儿啼鸣，空气清新，仿佛置身世外桃源。琴儿手提篾笼，不时地采摘橡树林中刚刚长出的蘑菇。我觉得好玩，也帮忙采摘。一日三餐，琴儿变着花样，每顿饭菜都香甜可口。她还把爷爷前不久在黑龙潭悬崖上采摘的药材拿出来,和蘑菇、鸡块炖在一起,说这是大补,对我的身体恢复极有好处。到此时我才知道那个峡谷叫黑龙潭,谷旁那条路上有人走过的痕迹是琴儿的爷爷留下的。琴儿心灵手巧,闲暇时她拿起针线将我那被荆棘挂破的衣服缝补得平平整整。她还给我讲了许多山里的故事。从她的讲述中,我知道这里的人很少下山,山下的人也很少上山。由于路途遥远,交通不便,几乎与世隔绝。这里的老百姓虽然生活艰苦,但勤劳善良,为人忠厚。她的父亲为给爷爷治病上山采药,失足跌入悬崖丧生,母亲从此远走他乡杳无音信……

第六天下午,爷爷和组长回来了,他们收齐了六组的农业税。这天晚上,他们摆开酒席招待我。琴儿在厨房忙活。我们三人开怀畅饮,人人都兴奋不已,吆五喝六,气壮如牛,慢慢地都喝醉了……

第七天上午,醒来吃过早点,我准备离开。说实话,我有点舍不得这个地方,可是不走又不行。因为当时区委实行的是"三七制",也就是七天下乡工作,三天回区休整。爷爷让琴儿送我,说山路难行,加之昨晚开始下雨,担心我再出事。我们翻过山梁,从我来时的山路原路返回。下到河边,河水涨了。我仍然把鞋袜、衣服和帽子用裤带捆好双手捧在头顶涉水过河。可是水流湍急,冲得我站立不稳,一摇三晃竟将捆着的衣物弄散了。先是一双球鞋掉在水里,我急忙伸手去抓,刚刚抓起一只,帽子又掉进水里,当我去抓帽子时,另一只鞋子却被水冲远,当我又去抓鞋时,帽子又被冲到一丈开外,结果鞋帽尽失。这时又是一个巨浪袭来,将我的整个身子冲倒水里。这可急坏了岸边的琴儿,她一边大声喊叫让我站稳脚跟,一边扑进水里要来救我。我拼命挣扎着站立起来,与洪水抗衡,一步一步艰难地走到对岸。琴儿看到我安全过河,又从水中返回,向我频频招手示意。

后来,我再也没有回过那个村庄,尽管时间过去二十五年,但那山、那谷、那河、那人、那情,成为我心中永远抹不去的记忆。

（原载于2012年第8期《散文选刊》,入选2012中国散文排行榜第33名,先后被《2012中国最美的散文》和《2015陕西中考总复习优化指导》语文卷收录）

往事如烟

难忘那件旧棉袄

有一件旧棉袄总是让我魂牵梦萦，每当想起它，内心就会忐忑不安，酸楚不禁涌上心头。

1983年秋天，是我终生难忘的季节，那年我考上了中专。这对于那个时代的我们那个穷山村来说，是一件了不起的事情。母亲高兴得不得了。尽管当时我家的生活是吃了上顿愁下顿，但母亲还是东借西凑，费尽周折地弄来了一块绸缎面料和一捆棉花，为我精心缝制了一件新棉袄。

我带着母亲一针一线缝制的棉袄来到了安康农校。有了这件棉袄，我喜上眉梢。穿上它合身舒适，美观大方，人也觉得扬眉吐气，很是体面。就是这件棉袄，为我遮挡了中专四年的风霜严寒，使我深深感受到了母爱的温暖。

记得那是四年后的又一个秋天，我毕业参加了工作，那件棉袄也随之带到单位。这年冬，组织上安排我参加县委党校举办的青年干部培训班，当时我就是穿着那件棉袄去报到的。

由校门步入社会，环境发生了变化，我的思想也不知不觉地产生出一些莫名其妙的想法。我认为自己已经是一名国家干部，不愿提起生我养我的农村，不想回到贫穷落后的家庭，甚至觉得穿在身上的那件旧棉袄也显得特别土气。于是上街买回上等的羊毛线，请人织了一件毛衣，从而换下了那件旧棉袄。培训班结束时，不知是不便携带或是出于其他原因，我竟把那件旧棉袄寄存在班主任家里。后来,尽管班主任多次催我去取,但我从此再也没有跨入班主任的家门。

参加工作好长一段时间,我的内心始终在经受一种煎熬,思想总在迷茫中徘徊和矛盾中挣扎。本来自己生在农村,却常常与城里人相比;本来家中艰难困苦,却在人前装模作样显示体面;本来刚从学校毕业对社会一无所知,却在工作中装出一副什么都懂的"干部样子"。原本以为这样就是成熟,就不会让人瞧不起。殊不知,越是这样精神愈加空虚,饭也吃不香,书也读不进,事也干不好。到农村,群众不买我的账,在单位,领导对我有看法,就连同学和朋友也多疏远于我。

一日回家,母亲随口问起了那件棉袄,我支支吾吾无言以对。只听母亲自言自语地说,那件棉袄面子是绸缎的,里子是纯棉的,里面装的是最好的棉花,这种棉袄她一生都没有穿过。听到母亲这些话,我的心好像被针扎了一样难受。

后来,母亲似乎感觉到了我身上发生的一些变化,不止一次地告诫我:"强娃呀! 你是农民的儿子,你的根在农村,今后不管你官做多大,千万不能忘本呀!"听了母亲的教诲,我自惭形秽,无地自容,并深悔自己不该扭曲了心灵,背叛了过去,失去了自我。

经过学校到社会这一段心灵的洗礼,我懂得了许多人生哲理——其实自然才是美,朴实才是美,奋斗才是美。在以后的人生中,我恢复了自己的本来面目,做人朴实无华,生活勤俭节约,工作埋头苦干,在追求和奋斗中实现了人生的价值。

对于那件旧棉袄,我再也没有去取它。我想使它成为我人生中永恒的记忆和遗憾,让它时常提醒我,不要忘记母亲的谆谆教导,不要忘记自己是农民的儿子,不要忘记自己的根在农村。通过这件旧棉袄,我深深懂得:做事先学做人,做人不能忘本，其实乡土才是我生命之根和事业之本啊！

（原载于 2005 年 10 月 18 日《安康日报》）

刀豆角

刀豆角,一种普通的农家菜,我却爱得要命。那天在农家乐席间就上了一盘,几乎被我一口气吃完。看见朋友望着我发笑,才觉得不好意思起来。

刀豆角是农村常见的一种蔬菜,因其藤蔓上长出的豆角形状像农村砍柴的弯刀,被人们称为刀豆角。

萝卜酸菜,各有所爱。对刀豆角的喜爱,缘于童年。

记得小时候,母亲每年都要在猪圈的墙角下点几窝刀豆角。由于沾了猪粪肥力的光,刀豆角长得非常茂盛,藤蔓和枝叶竟将猪圈石板房顶盖得严严实实,俨然是为猪儿们搭的一个凉棚,上面的刀豆角也结得密密麻麻。

那时农村生活异常困苦,人们整日为吃喝发愁。有时我们上顿下顿每天只吃蒸红薯。我实在吃不下去了时,母亲就拿起葫芦瓢上猪圈房顶摘一些刀豆角下来,切成丝,做成汤。我一下子食欲大增,不一会儿就吃饱喝足了。

有时我们每顿只吃苞谷糊,时间长了,加之没有菜,我又咽不下去了。母亲就又拿起葫芦瓢上了猪圈,摘下一些刀豆角,切成条,炒成菜,顿感香甜可口。

由于生活单调,缺盐少油,胃里经常泛酸、呕吐。每每看到我那难受的样子,母亲就拿起葫芦瓢悄悄上了猪圈,摘一些刀豆角,切成细条,炒成豆角丝,然后再烙几张软饼,将炒好的豆角丝铺在饼子上卷成长筒状。吃着母亲做的豆角卷饼子,肠胃病马上就好了。当时我想,豆角卷饼可能是世间最好的美食了。

后来我外出上学了,每次回家,母亲还是那样,拿起葫芦瓢上猪圈去摘刀豆角,为我改善伙食。普普通通的刀豆角,母亲却能变着花样做出多种吃法来,而且做法不同风味也不同,使我不由得赞叹起母亲的心灵手巧。那时,母亲做饭的手艺远近闻名,村里来了干部,村上一定会请母亲前去掌勺。我时常为自己是母亲的儿子,并能吃上母亲做的饭菜倍感幸福。

参加工作以后,我的生活逐步得到改善,再也不会为吃喝发愁了,但对刀豆角一直念念不忘。有一天,我在蔬菜市场看到老大爷挑着一担刀豆角,亲切无比,兴奋异常,忙让妻子买回一斤。然而妻子炒的总没有母亲炒的味道鲜美。在宾馆酒店吃饭,也经常看到桌面上放着清炒刀豆角,但怎么也品不出母亲当年做的那种美味来。

是啊!母亲在那小小的刀豆角上倾注的是对儿子的无限关爱和慈母情怀,那样的味道谁又能炒得出来呢?

母亲离开我已有十五年了。自从母亲走后,我再也没有吃到那么美味可口的刀豆角了。我是多么希望再能回到童年,再能品尝母亲为我精心烹制的刀豆角啊!

(原载于 2009 年 10 月 26 日《中国散文网》)

五分硬币

1980年我考上初中，家乡观音堂村离吕河区双井中学有十余里山路，这条山路盘旋于卧牛山上。每个周日，我都要早早吃过午饭，背上十四五斤木柴、六斤苞谷糁、一罐酸菜，带上父亲给我的五分硬币，从卧牛山的"牛头"走到"牛尾"去上学。

由于路途较远，山路难行，我们这些农村孩子就选择了住校。背的木柴和苞谷糁交给学校的食堂，作为本周的柴火与粮食，酸菜留着下饭。那五分硬币是父亲对我的额外补贴，让我周六放学回家路过吕河街道时买烧饼吃。

每到周六（那时还没有实行双休制），我就非常高兴，早上盼着下午，下午盼着放学，人在课堂，心早已飞向窗外。我急着回家，其实是急着跑向吕河街道，用那枚怀揣一周的五分硬币，去买那个香喷喷的芝麻烧饼。那时我觉得，世上最好吃的东西就是芝麻烧饼了。那种香味，咀嚼的幸福滋味，至今令人回味。

又是一个周末，我在吕河街道发现了一个书摊，一位坐在木椅上的老爷爷面前铺着一块塑料布，布上摆放着各种各样的小人书，旁边有不少小朋友在那里翻阅。我问看一本书要多少钱？老爷爷说二分钱。我就拿起一本《岳飞传》看了起来，不知不觉一口气看了三本。我把那枚硬币递给他，他说不够，我说只有这五分钱，身上再也没有钱了，老爷爷感到无奈，放我走了。走到烧饼摊，虽然饥肠辘辘，但没了那五分硬币，也只能望

饼兴叹,悄悄走开。

以后每个周六,我都拿着父亲给我买烧饼的五分硬币去看小人书,尽管烧饼很好吃,但我更爱看书。

有天,我对老爷爷说,能不能把钱留在这儿,把书拿回家去看。他说,那不行,只能在书摊跟前看。我说,我家离这儿太远了,看完回家太晚了,父亲以为我在路上贪玩,经常骂我,况且走夜路极不安全。老爷爷听到我说的话,笑着点了点头说,那就带回家看吧,下次再来时归还。我甭提有多高兴了,飞快地跑回家,吃完晚饭,连夜一口气把那三本小人书看完。

每个周末,村上的长辈和同伴都会聚到我家,听我讲《岳飞传》《杨家将》《隋唐演义》《三国演义》《水浒传》等书中的精彩故事。说来也怪,我不仅爱读书,而且记忆力强,凡是我看过的小人书,我都能把书中的故事讲出来。他们听了我的讲述之后,经常互相争论,有的讲"关公战秦琼",有的讲"姜子牙大战金兀术",虽然胡拉乱扯,啼笑皆非,但他们仍然争得面红耳赤,最后不得不求助于我的裁决。

有个周末我来到书摊,翻来覆去找不到身上那枚五分硬币,我急得满头大汗。老爷爷问我怎么了,我说钱丢了,看不成书了。老爷爷面带微笑看着我,那样子很慈祥,好像我的父亲一样。他说,丢了就算了,喜欢啥书就拿回去看吧。我高兴坏了,取走三本小人书飞跑回家。

初中三年,让我记忆最深的就是五分硬币,对我影响最大的就是读了无数的小人书。

现在我有了自己的书房,也有了成百上千册藏书,可是再也找不到当年看小人书时那样美妙的感觉了。

(原载于 2015 年 3 月 11 日《陕西工人报》)

远去的秦巴柴郎

二哥带着我先看了老屋,房子摇摇欲坠。又看了院子旁边的老槐树和柿子树,其实树早就没有了,只是记忆中有树罢了。最后我们去看门前的坝河,发现以往荒凉惯了的河滩地变绿了,我十分惊讶。二哥说,那是村上培育的苗木,大约五十多亩,春节过后家家都要栽树,这点苗子可能会供不应求的。

听了二哥的话,我决定从今春开始,每年都要回家栽树。因为在我参加工作之前,是一名执着的秦巴柴郎,不知砍伐了山中多少树木,如果不做弥补的话,内心会永远不安的。

从我记事起,村上劳力除了种地之外,主要的工作就是砍柴,学生放假也要加入砍柴队伍的行列。山里人砍柴,往往是邻里相约,成群结队。砍柴的地点自然是坝河上游的桂花乡境内,那里山大沟深,树林密布,柴火取之不尽用之不竭。

有天,母亲对我说:"你已经十四岁了,应当同哥哥姐姐们一起去砍柴了。"大哥、二哥和姐姐也在一旁添盐加醋地说砍柴很好玩。我高兴地答应了。星期六,哥哥姐姐们约了本村二十余人,组成一支砍柴小分队。听说在这支小分队里,还有阿秀,我的心里更是高兴得不得了。因为阿秀是村上的一枝花,无人不爱。晚上,一家人都在忙活,母亲忙着烙锅盔做干粮,大哥忙着磨刀,二哥忙着修背笼,姐姐忙着搓草绳。星期日凌晨鸡叫头遍,母亲翻身起床为我们做早饭;鸡叫二遍,母亲喊我们起床;鸡叫三遍,我们吃罢早饭,喊齐小分队成员,雄赳赳气昂昂地出发了。当时天还没亮,伸手不见五指,我们打开自带的手电筒,大哥让我和阿秀走在队伍中间,主要是我和阿秀年龄太小。我们走过门前的沙滩,小心翼翼过桥,沿着坝河北岸的山路逆流而上。大约走了十几里山路,天才大亮。大哥说,这次我们要去的"鸡上架",就在对岸。于是我们下到河边,脱掉鞋袜,挽起裤腿,赤脚过河。"鸡上架"是桂花乡境内一座有名的山脉,山不是很大,但山路崎岖,山峰奇险,就连鸡也要飞着才能上去,故称"鸡上架"。上山不久,我就害怕了。这座山全是绝崖峭壁,山腰只有一条小路,窄的只许单脚通过,山下荆棘丛生,溪流撞击深潭之声震耳欲聋,令人胆战心惊。走过这段羊肠小道,来到山巅一处开阔地带,方见大片原始森林。我们系紧刀鞘,插好弯刀,扑进树林,砍柴、去梢、截断、扎捆,不一会儿就弄好了。然后坐下来吃干粮,吃饱后趴在沟边喝水,稍事休息,准备返程。那些大人们,将插棍插进背笼,把背笼口对准柴捆中央,左脚蹬住背笼底部,用手拉起柴捆,侧身将双臂塞进背笼襻,用力挺身,轻松背起柴捆就走了。阿秀也像大人那样背起柴捆走了。可是我却在背好柴捆用力挺身时,因控制不住柴捆重心,跌倒在地。姐夫悄悄对姐姐说,强娃比阿秀大两岁,背的柴捆比阿秀的小,阿秀都能背走,他却不行。听到姐夫嘲笑,我很气愤,在心里恨死他了。姐姐急忙过来帮忙,我用力推开她说:"我能行!"第二次背好柴捆用力挺身,却还是左右摇晃再次跌倒。我又急又气,豆大的汗珠不停地从脸上滚落下来,有的流进眼睛,火辣火燎,十分难受,全身的衣服也湿透了。姐姐、姐夫两人过来将背笼连同柴捆抬起,放在我的肩上,总算背走了。"鸡上架"那段羊肠小道没有歇脚的地方,加之路又极窄,我走得异常艰难。不一会儿就气喘吁吁,大汗淋漓。这时,我既要防止柴捆随时被刺挂住，又要避免脚下不慎踏空，还要不停地擦掉脸上的汗珠。渐渐地走不动了，左脚迈出之后就迈不开右脚，勉强迈出右脚之后又迈不开左脚了，全身都在颤。我想，该不会出事吧？如果栽倒，或者摔下悬崖，受伤事小，主要是丢不起这个人，尤其是不能在阿秀面前丢人。说鬼就见鬼，当我再次迈开左脚时，柴捆被刺挂住了，正准备用棍打掉刺头，眼睛又被汗珠弄得睁不开了，正想去揉眼睛，右脚却不由自主地踏空了，随即连人带柴滚落下去。姐姐大喊："强娃滚岩了！快来救人啊！"听到喊声，大哥他们兵分两路，一路到沟底去找，一路在山路上找。沟底的人找来找去找不见人，路上的人找来找去还是找不着人，就连背笼和柴捆也没见着。姐姐和阿秀急得大哭，二哥和姐夫也急得来回奔跑。大哥说，不要急，不在路上，也不在沟底，肯定在山腰，分头下山寻找。这时只听有人惊呼："在这里！"顺着那人手指的方向，大哥看清了位置。原来在山腰离深潭不远的地方，有一团交织如网的荆棘将我网住，悬在半空。大哥攀上悬崖，用绳子将我绑住，把绳头拴在一棵树上，然后用弯刀将那团荆棘连根砍掉，并将挂在我身上的刺头逐个剥离，最后解开树上的绳子慢慢吊下。二哥和姐夫他们则在沟底将我轻轻接住，直到这时我才从昏迷中醒来。上面的情节是后来听说的。我是一个性格倔强的人，这次摔倒虽然没有大碍，但丢人现眼，很伤面子。大人们说背笼和柴捆不要了，让我空手和他们回家，我坚决不行。他们拗不过我，又去把背笼和柴捆找来。我硬是咬紧牙关，一步步将那上百斤的柴捆背回了家。

　　某年寒假的一天，我又和村上的大人们去砍柴，这次参加的人员更多，大约三十余人。那时我已经十五岁了，已是一名经验丰富的秦巴柴郎了，再也不需要哥哥姐姐们的保护了。我们

这次要去的地方叫雷家山，就是桂花乡政府对岸的那座大山。我家住在坝河流入汉江不远处的吕河镇观音堂村，人们习惯地称为坝口（坝河口）。从坝口出发，过老家门前的木桥，走二十余里山路就到了桂花乡政府，然后再次涉过坝河，开始登山。雷家山形状奇特，呈长条状，阴坡和阳坡极像柴刀的两面，顶端结合部神似刀背，人们俗称"刀背梁"。我们走了一个多小时，才上到阴坡的山顶，发现了一户人家。听说山上只有这么一户人家，姓雷，所以这座山就叫雷家山。这时有人叮咛大家不要声张，以免惊醒这户人家。看来我们今天起得很早，天才麻麻亮，雷家人还未起床。翻过"刀背梁"，来到阳坡，这里森林覆盖，一望无际，正是我们砍柴的好地方。大家七手八脚，很快就取足各自的柴火，用过干粮，然后返程。当我们翻过"刀背梁"，走到雷家门前时，不幸的事情发生了。雷家主人出来干涉，把我们挡住了。这时我才明白，我们哪里是砍柴，那是偷柴。只见我们的背笼和柴捆一字儿靠在雷家门前的墙壁上，大人们则蹲在院子四周，有的双手抱头，有的只顾抽烟，有的傻瞪白眼，一副无可奈何的样子。有人让领队的自龙舅出面交涉，请求放了我们。可是，不论自龙舅好说歹说，那人始终软硬不吃、油盐不进，态度坚决，就是不放。又有人让萍姨等几个女人前去劝说，心想女人面子大些，或许能够放人，但她们最终还是无功而返。时间久了，大家十分着急，我更是焦急万分。这时，只见以自龙舅为首的几个大人凑在一起嘀咕。接着他们以迅雷不及掩耳之势将雷家主人捉住，用绳子捆在房头的一棵大树上，嘴里塞进一块老粗布，打着手势，让我们背起柴捆逃走。他们的异常举动把我惊呆了，但来不及细想，背起柴捆跟在他们身后一路小跑下山，过了坝河，方才松了一口气。回家的路上，我的心忐忑不安，老想着：谁去给他松绑呢？如果没人解救，他该不会有事吧？我们是偷柴，人家是护林，错在我们，整的却是人家，我心中始终纠结不清……

我十六岁那年，也就是一九八三年吧，由于我正忙着准备参加中考，很少再去砍柴了。大约是这年的七八月份吧，下了很久的连阴雨，坝河发了洪水，是我有生以来见到的最大的一次洪水。只见河水黄中泛黑，奔腾翻滚，咆哮而来，漫上老屋门前的竹园。举目四望，一片汪洋，河面上的木柴成片成堆漂流而下，多数是连根带枝。当时正值中考刚刚结束，我正好在家闲来无事。看到那么多的木柴从眼前漂走，想到多年来砍柴的艰辛，心中直发痒痒，于是主动加入捞柴的队伍之中。家乡人捞柴有三种方法：一种是在长竹竿上绑个铁丝网，伸到河中网柴，叫"捞浪渣"，自然这只是妇女儿童们干的活；一种是在长竹竿上安装一个大铁钉，用力将铁钉打进木柴中，借着水力将木柴拖回岸边，自然这是有力气的大人们干的活；还有一种捞柴方法，就是赤身扑进水中，游到河里抓住木柴，用力游回岸边，当然这种方法很冒险，但是能捞到大柴，这是村中那些水性极好力气又大的壮男干的事。我不是壮男，心却很大，想捞大柴。眼看一根房梁粗的大柴从上游漂来，我急忙脱掉衣裤，猛地扑向滚滚洪流，拼命向河中心的大柴游去。接近大柴，我扬起左膀，夹紧柴身，用右臂奋力划水，向河岸狂游。可是柴大水大，我死劲向河岸拖，它死劲往河中拉，实在整不住它。我家门前的河况是这样的：坝河流经门前，是一处河湾地，河面宽阔，水流平缓，但是流经二百米后被卧牛山拦腰截住，形成巨大的漩涡，水势急向左转，与左边的大黑山相撞，河道突然变得狭窄，水流湍急。如果进入漩涡，绝无生还的可能。我用完了力气，大柴还在河中奔流，眼看就要接近漩涡了。这时要想放弃大柴单身游回岸边已不可能，只有紧紧抓住大柴不放或许还有一线

往事如烟

希望。我想今生完了,于是紧闭双眼听天由命。危急关头,一根超长竹竿当空落下,那竹竿头部的超大铆钉牢牢钉进大柴体内,随后,大柴浮着我漂回岸上,我得救了!真是福大命大!救我的人原来是哑巴表叔,这个人是村上的大能人,除了不会说话,其他什么都会。他有一手好厨艺,村上凡大小事都得请他掌勺。他的水性是村里最棒的,尤其是他有闭气功,一个猛子扎到水里几十分钟可以不出来,他空手下到水里的石仓,出来手里就是一条大鲵鱼,有一次竟然捉到一条十多斤的大鲵鱼。他是村里有名的篾匠,村上人的竹筐、背笼、筛子、竹席、牛笼嘴等篾具都是请他编织的。我对哑巴表叔很尊敬,这次他又救了我的性命,成为我的恩人,更使我终生难以忘怀。

事后不久,我接到陕西省安康农业学校的录取通知书,由于汉江边上的安康也发了洪水,开学延期到十月十日。那时考上中专,就意味着跳出了农门,变成国家干部。我高兴极了,我从此可以不再受苦了,尤其是可以不用砍柴了。可是,当时的农村,做饭取暖用的全部是木柴,假期不去砍柴,怎能在家闲着……

说实话,在农村,我最不愿做的事情就是砍柴。一方面砍柴很辛苦,另一方面砍柴破坏生态,多好的森林,多好的树木,被那些秦巴柴郎们成年累月地砍伐,简直是罪孽。多少年来,家乡洪水频发,灾害不断,不就是树木被伐,森林被毁造成的恶果吗?

所幸的是,现在情况发生了变化,生态文明建设被提到重要议事日程。我的家乡,燃料再也不用木柴了。做饭取暖,有的用电,有的用气,有的用煤。各地都有了通村路,运输方便,物资流畅。更让人欣慰的是,上至政府干部,下至平民百姓,人人都在植树造林,保护生态,那种秦巴柴郎的时代一去不复返了!

(原载于 2014 年第 3 期《海外文摘》文学版)

害怕下雨

下雨是自然规律,有天晴就有下雨。应该说,正常的人们是喜欢下雨的,诸如"阳光雨露""春雨贵如油""久旱逢甘霖""天街小雨润如酥"等等,都是人们渴望下雨和赞美下雨的词语佳句。

可是,我却因为儿时家境贫穷,莫名地害怕下雨。每逢下雨,哗哗啦啦,我都会有心悸的感觉。尽管自己现在已住进高楼大厦,房顶和门窗压根不会漏雨,但每每遇到下雨的时候,总会自觉不自觉地要到楼顶和门窗处看看,然后心中才会坦然下来。

说来也是,这与我的人生境遇不无关系。

春雨细如丝,夏雨雨涟涟,秋雨桐叶落,但这一切却阻挡不住我们上学求知的坚定步伐,艰难险阻砥砺了我们坚强的意志。不管风吹浪打,胜似闲庭信步。往往,我们戴着一顶草帽,破帽遮颜过了一庄又一村,来到校园浑身上下湿淋淋一片。没有暖气,没有换洗的衣裳,我们硬是凭着身体暖干了衣服。在曾经的瑟瑟发抖声中,完成了学业,实现了出人头地的愿景。好多同龄人就是在"屋漏偏逢连夜雨,儿遇荒年饭量增"中退缩,畏葸不前,中途辍学回家了。正如一首歌里吟唱道:"雨一直下,气氛不算融洽。在同个屋檐下,你渐渐感到心在变化……"

暑假里,老家的房子总是漏雨。父亲离世早,每逢天气骤

往事如烟

197

变,门前的树木左右摇摆,绿似乎被拉长了许多,天空布满了黑幕布,母亲和我们就会心惊胆战。雷电交加的夜晚,我们不是上房用油毛毡在漏雨处铺垫,就是下楼用塑料纸把窗户遮严。陕南多雨,七八九月总是连阴雨季节,那时就是屋外大下室内小下了。这时,妈妈就会找出家中的坛坛罐罐,接住屋顶渗漏的雨水。在我幼小的心灵中,记忆最为深刻的是,妈妈头戴草帽,身披蓑衣,拄着拐杖,佝偻着身躯,前后不停地在雨地奔忙的身影。雨先是一阵筛豆子一样哗哗地落下来,又像断了线的珠子,从天空中洒落下来,紧接着似瓢泼如盆倒的大雨不期而至。那时候,我常在心中祈祷,天不下雨该有多好。

婚后,我想有个新家,买房那是天方夜谭,就连租房也是无能为力。夫妻两地分居,妻子的舅妈就把她们在山城安康闲置的一间旧房腾出来让我们暂住。没想到这间房子年久失修,低矮潮湿,遇到下雨天,屋顶漏水,地面渗水。雨过天晴了,室内地表还是潮湿不干,如果遇到长时阴霾天气,地上还会长出白乎乎的霉毛来。当时我多么希望能有一套不漏雨的房子啊!可是,我微薄的工资收入养家糊口尚且紧张,哪还敢有其他奢望。

光阴荏苒,岁月如梭。等到自己调到县城工作了几年,单位照顾我安排了一套旧房子,我高兴得差点手舞足蹈了。于是,就乐颠颠地把妻子和孩子从大城安康接到小城太极岛居住。这栋房子是二十世纪五六十年代盖的一栋家属楼,我住的这套面积四五十个平方米,楼层在顶层。对我来说,这已是组织的特别眷顾和恩宠了。有房子真好,美中不足的是风大和漏雨。遇到刮风,我们就要把前后门和大大小小的窗户关得严严实实,还得用绳子把两扇窗户之间的拉手像镣铐似的拴在一起,不然就抵挡不住大风的撞击。遇到雨季,四个墙角都会齐头并进地渗水,墙角发霉变成蛇皮一样黑黝黝的,干了又湿,湿了又干。我们就把靠墙的家具挪开,渗水大的地方还得用洗脸盆接住,因为那一处漏得比较厉害,滴到地上就会流水成溪。记得有年夏天,突然狂风大作,乌云密布,我和妻子急忙锁门关窗,但无济于事,只听嘭的一声,犹如炸雷炸响,沙石杂草飞进屋内,原来后门被狂风吹开,我们用凳子抵住后门,不料又是咣当一声,厨房的灶具被狂风掀到地上摔得粉碎,厨房门板也被狂风折为两截。大风过后,我们发现这些"陈年朽木"的家具基本损坏殆尽,我也被弄得像是害怕见到瘟神一样害怕下雨,真是风声雨声,声声惊心动魄。

进入不惑之年,我和妻子身心俱已疲惫,再也经不起担惊受怕的折磨。于是横下一条心,甘愿做一回房奴,东借西挪,银行借贷,凑钱买下了一套旧房子,这才终于结束了"风吹雨打"不堪回首的历史。

时光的车轮碾过了二十一世纪第一个十年的仲夏,我的家乡陕南遭受了洪涝灾害和泥石流的毁灭性打击,雨魔曾让二百多人在灾害中丧生。联想到二十七年前,我刚到安康农校上学前夕,山城安康在那年夏天遭遇洪水灭顶之灾,八百七十多人在洪灾巨浪中丧生。陕南的雨水,曾给我们欢喜,也给我们太多的痛楚的记忆。

雨多成灾,灾难兴邦。正是陕南的雨水丰沛,在一泓清水送北京的前期,国家规划陕南为十一个集中连片特困地区之一,实施陕南避灾移民搬迁,探索中国这轮新型城镇化走多元化路径,用十年时间将六十万户二百四十万人民群众从封闭的大山深处整体搬迁出来。每次中央、省、市各级领导深入农村调研工作,总是关心家乡的城乡还有多少危房,还有多少人没有脱贫致富。我作为接待的当事人,心里如同涌上一股股暖流,又

往事如烟

有一丝丝愧疚充塞胸膛，"上面千条线，下面一根针"，基层干部肩上的担子不轻，我们应当有所责任和担当！"衙斋卧听萧萧竹，疑是民间疾苦声。些小吾曹州县吏，一枝一叶总关情。"古人尚能如此，今人难道能不如古人！？

　　清明节假期，我照例回了趟老家。哥哥接待了我们，他过去居无定所，现在也盖起了老家常见的三层小洋楼。他直讯笑我们居住在城里的人是巢里的鸟，上不接天空，下不接地气。啥时回来跟哥住，有天有地逍遥自在。淅沥的春雨中，我想也是，老家土坯墙灰瓦顶的旧房子因长期无人居住，余下残垣断壁，成为一段风景。曾经"害怕下雨"的情结也会成为一段乡愁，也许会成为永远不再有的记忆，让过去的和未来的人成为绵绵的回忆。"安得广厦千万间，大庇天下寒士俱欢颜"，想着千年的夙愿终成现实，从此该再也没人害怕下雨了。

　　（原载于 2015 年第 7 期《散文选刊》）

看 牙

我的牙本来是好的,但是后来不好了,且病得越来越厉害。下颌两颗,上颌一颗,经常发炎、起泡、化脓、疼痛,十分难缠,让人心烦。人们说那是上火了,害得我吃了二十多年的降火药、消炎药,始终无济于事。

起初我没有想到去看牙,后来听朋友介绍说旬阳县中医院有位牙科专家,是享誉省内外的名医,获得过三项研究专利,很神。对于这位名医,我很早以前就知道,因为他做的手术太多了,解除了无数病人的痛苦,他的事迹在老百姓中广为流传。

在旬阳县中医院见到朱忠稳医生,他给人一种亲切、踏实、可靠的感觉。他给我边检查边交流,说人们往往以为牙疼是上火,一个牙病患者一年吃的降火药少则几百元,多则过千元,花钱治不了病。其实牙病就在牙上,只要对症施治,花钱不多,一次就能根治。他还说我的牙龈发炎起泡,根源是牙髓局部坏死,可能是曾经受过外力的撞击导致。

他的话勾起了我对过去那段往事的回忆。那是二十五年前的一九八九年春节,我在老家吕河过完年后准备返回小河区公所上班,走到县城天色已晚,住宿黎明旅社。晚上无事,我独自在河街散步,不料迎面来了一伙醉汉,对我破口大骂,拳脚相加,多亏遇见好心人出面干预,并为我挡住一辆便车连夜送到小河。回到卧室,自己满口是血,三颗牙齿疼痛难忍,有所松

往事如烟

动。那一年，自己蒙难，成为心中永久的伤痛。

在给我治疗的过程中，朱忠稳医生耐心细致，不论是牙齿打眼、口腔清洗，还是上药换药、牙腔充填，均无明显疼痛的感觉，其高超的医技可见一斑。他很忙，因为找他看牙的人每天都排着长队，凡是经他治疗过的人，都和我一样，心情舒畅，心里坦然。

由于朱忠稳医生有过硬的医术和良好的医德，还发表过不少专业学术论文，先后当选陕西省口腔医学学会理事、安康市口腔医学学会副会长，系陕西省口腔颌面外科专科会员，名气很大，以至于外地多家大医院都想挖走这个人才。听说某省城有个大医院竟然以年薪三十万元作为条件聘请他，他都没有去。一个原因就是因为旬阳人民离不开他。人们听说这个消息后纷纷挽留他。县卫生局局长刘连文、县中医院院长吴建钟也希望他留下来，并尽力为他施展才华创造良好环境。还有一个原因是他根本就离不开这块生他养他的热土，他要用自己的精湛医术和拳拳爱心回报家乡的父老乡亲。

前来旬阳县中医院口腔门诊部就诊的患者越来越多，有时甚至是门庭若市，但是仅有两间房子、几个医生和少量设备的科室，已经无法满足患者求医的需要了。为了拓展业务，更好地服务人民，县卫生局、中医院研究决定将朱忠稳主任领导的口腔门诊部搬到小河北，并建立玉成口腔诊所，通过这种形式集中县内口腔人才，吸引民间资本，促进业务发展，力争奋斗五年将其建成拥有二十台牙科综合治疗机的口腔医院。目前的诊所已初具规模，设备先进，仅那台新进的口腔 CT 设备，投资超过百万元。那天朱医生给我拍了一张片子，三颗病牙的根部损伤情况看得清清楚楚。他说，患者过去拍这样的片子要到十堰或者西安，现在就不用跑那么远了。他还说，过去中医院的口腔门诊部与机关单位一样实行双休日,干部职工看病不方便,搬过来双休日照常上班,干部职工看病就不影响工作了。

昨天是星期六,我去小河北门诊部,看到那里病人很多,有干部,有百姓,大家按先来后到,依次救治,井然有序,其乐融融。我的心里涌起一股暖流,产生许多感想:觉得朱医生医技过人,医德高尚,令人敬佩!其热爱家乡、造福桑梓的赤子情怀更是令人肃然起敬!他能留下来,是旬阳人民之福!

(原载于 2014 年 11 月 19 日《陕西工人报》)

往事如烟

想起家乡的"夜夜甜"

中午回家，发现桌上果盘里装满了"夜夜甜"，眼睛一亮："哪里来的？"妻子说："刚从街上买回来的。"看到"夜夜甜"，不由得想起了我的童年。

"夜夜甜"是家乡一种柿子的名称，长得很特别，形状扁平，表皮上有明显的四条纹线，将整个柿子划为四瓣，像一株花朵。家乡人为什么把它叫作"夜夜甜"，不得而知。

我的家乡在陕南巴山深处的吕河镇，境内盛产柿子，以至于挤进旬阳"三大宝"（油桐、柿子、龙须草）之列，很有名气。

每到深秋季节，特别是霜降前后，漫山遍野的柿子由青变黄，由黄变红，成为大巴山中的美丽风景。

柿子的用途广泛，大人主要是用柿子来烧酒和做柿饼。那时我们那里的人们，哪一家没有十几坛柿子酒和一柜子红柿饼呢？孩子则主要是吃"软柿子"和"甜柿子"。在所有柿子品种里，我们最爱吃的是"夜夜甜"，因为"夜夜甜"不仅香甜可口，而且能够帮助消化。

在秋天柿子快要成熟的时候，放学饭后，我们院子的几个伙伴约到一起，提着笼子，拿着夹竿，走到一棵棵柿子树下，把那些红亮熟透了的"软柿子"夹下来，剥了那层薄薄的表皮，然后有滋有味地品尝起来。实在是吃不下去了，再把夹下来的"软柿子"一个个平放在笼子里，不一会儿，各自的笼子都装满了，然后哼着小曲,扛着胜利的果实,雄赳赳气昂昂地走回家去。

有时,我们等不住柿子成熟就想吃它,没关系,我们自有一套炮制甜柿子的办法。一声口哨,我们就出去了,偷偷爬上"夜夜甜"柿子树,摘下一些青涩的硬柿子,拿到故乡小河的岸边,在沙滩上挖出一个大沙窝,把柿子放进去,再用沙子盖好压实,做好标记。三天三夜过后,我们又跑到故乡小河的岸边,刨开各自曾做标记的地方,取出柿子洗净,然后就大口大口地吃起来,那种清脆香甜的味道真是美极了。

那年月,极度的贫困把我们这些孩子们的肚子折腾苦了,幸亏有家乡的"夜夜甜",让我们能够吃到甜柿子、软柿子、柿饼,还能喝上几盅柿子酒,虽苦犹甜啊!

我家门前有棵粗大的柿子树,年年枝繁叶茂,果实累累。每到柿子成熟季节,母亲就会把那些又大又圆的柿子摘下来,放在清水坛子里炮制甜柿子。她还将青柿子用开水洗净,放在酸菜坛子里炮制甜柿子。两种方法炮制的甜柿子各有风味,都很好吃。不知是巧合,还是植物真有灵性,母亲病倒后,那棵柿子树就不好好开花结果了,母亲病逝后,那棵柿子树也慢慢干枯死去了。

吃着妻子买回来的"夜夜甜",气味还是家乡柿子那种气味,口感还是儿时咀嚼的那种香甜。我禁不住问自己,这是家乡的"夜夜甜"吗?应该是吧,好久都没回去了,应该回家看看了。

(原载于 2011 年 9 月 24 日《中国散文网》)

往事如烟

缺粮的日子

母亲在世的时候，经常对我讲："你的命是捡来的，是干婆用几瓢大米救活的。"

这可不是一句玩笑话。我出生于一九六七年，正赶上那个饥饿的年代，饥饿的原因是缺少粮食。加之我家又是村上有名的缺粮户，每次分到的粮食实在少得可怜。

由于粮食有限，吃糠咽菜的母亲没有奶水，我被饿得皮包骨头，细长的脖子撑不住脑袋，头搭在肩上，奄奄一息。村上人见了都说："这孩子怕是难得养活。"

那天干婆来到我家，干婆是母亲的干娘，视母亲如亲生女儿。看到我那要死不活的样子，干婆说，孩子没有奶吃，是不是可以喂饭？母亲说，太小了，粗糠粗菜咽不下去。干婆出去打个转身旋即又回来了，双手捧着一个葫芦瓢，瓢里变戏法地装满大米。母亲熬了一碗稀粥端到我的面前，没想到我闻到饭香猛然挺起头来，双目圆睁，张开嘴巴去吞那饭，把母亲和干婆委实吓了一跳。吃完那碗生命之粥，我还要吃，干婆说，孩子饥饿太久了，一次不能吃得太多，需要慢慢添加食量，逐渐会好起来的。那瓢大米吃完了，干婆又送给母亲一瓢，以后就那样一瓢又一瓢地相送，直到我也能和大人一样吃糠咽菜为止。

干婆是位命如黄连一样的苦命人。干爷是个国民党军官，新中国成立前夕随军去了台湾。后来干婆又找了一个干爷，但却英年早逝,打我记事起就没有见过。尽管如此,干婆家里有钱,生活也不错。后来,那个当过国民党军官的干爷回来探亲,干婆把他领到我家,远亲不如近邻,他问了一些情况后,塞给母亲一百元钱,让买些粮食补补我的身子。我清楚记得那是一张美钞。

考上吕河区双井中学,我的饭量大增,每天除了读书就是饥饿。饥饿像魔鬼一样天天向我袭来,又像瘟神一样驱赶不走,但在饿魔和瘟神向我走来的时候,读书的正能量驱邪一样赶走了饥饿带来的一切不适和不快。一觉醒来,虽然饥饿,但家中给我带的干粮不是酸菜就是干红苔片子,吃得人泛酸干呕。有天晚上,可能是星期五,三姨来了,悄悄地塞给母亲一个葫芦瓢,瓢中装满瓷瓷实实一瓢雪白的麦面。三姨说,给娃做些白面馍馍当干粮吧,娃瘦得不成样子了。以后隔三岔五,三姨就会偷偷前来我家,送给母亲一些细粮给我做干粮。

那时节,我家日子过得很苦,很少见到细粮。因为父亲有病,兄弟姐妹四人都在上学,只有母亲上工做活,且只能算作半个劳力,挣的工分很少,自然分不到多少粮食。假如童年没有干婆施救,我也许早已夭折;假如中学时代没有三姨呵护,我也许不会健康成长。虽然后来土地到户,基本解决了温饱,但在以后的岁月里,我仍视粮食如生命,热爱粮食,珍惜粮食,从不浪费一粒粮食,有时饭粒洒在桌上,也要一粒一粒地捡起吃下。同时我也时常告诫妻子和孩子要爱惜粮食,以至于一家人至今形成了节衣缩食的良好习惯和光荣传统。

前些年形成一股吃喝风,人们都爱耍牌子,撑面子,饭菜上得越多越好,烟酒档次越高越好,与我的生活习惯格格不入。幸好的是现在开始反对奢靡之风,真是天大的好事。成由勤俭败由奢,古往今来,凡是勤俭的家庭都会富有,国家也是一样。

崇尚节俭的国家定会兴旺发达。

（原载于 2014 年 11 月 19 日《安康日报》）

那个山村

在秦岭南麓的旬阳境内,有个叫鲁家河的村子令我终身难以忘怀。

记得那是一九八九年的冬季,区上安排我到这个村包抓农田建设示范点。

从小河区公所出发,先到桐木乡政府,然后在乡干部的带领下来到村支书家。

支书姓赵,和我同姓。见面稍做寒暄,我们研究方案,然后选点。走过支书家门前的坡地,过河,横穿桐木公路上山,山腰有一处缓坡地带,荆棘丛生,杂草遍地,这就是我们今冬要修建水平石坎梯田的地方。

实地查看之后,我们当晚召开村组干部和党员会议。有人说,现在土地到户了,群众不愿意集体修地;还有人说,现在劳力外出很多,恐怕难以组织起来,总之都有畏难情绪。那年我二十二岁,参加工作才两年多时间,这次抓点成功与否对我来说非同小可。想到这里,我发言说,我们现在是要讨论怎样组织劳力修地,不是讨论修不修地。区上既然决定了,又派我来,地是非修不可的。接着我的话,乡干部又讲了许多修地的重要意义。赵支书也发了言,说得慷慨激昂。其他村组干部和党员也先后做了表态发言,党员干部思想总算统一了。

会后已是晚上十点多了,我和村组干部分头挨家挨户上门

往事如烟

做群众的思想工作,落实修地的劳力。回到支书家已经是凌晨一点多了,困乏之极,倒头就睡。

天还没亮,支书起床喊工,我也急忙起床。走到工地正好天亮,支书开始点名,几十户人家全部到齐,我有些激动,精神为之一振,站在地头做了简短的战前动员。轰轰烈烈的冬季农田建设大会战拉开了序幕。

修地分了许多作业组,有打眼放炮的,有开山取石的,有挖方掘土的,有装筐倒土的,还有推架子车的。我就加入装筐倒土的行列。由于读书多年刚参加工作,没有经受太多劳动锻炼,不一会儿手掌就磨出了血泡。群众心疼地让我站在旁边指挥就行了,不让我直接参加劳动,但我还是坚持要同他们一起干活。以后的许多天,尽管支书让我在家休息,但我依然坚持和他们同吃同住同劳动。群众干劲热火朝天,工程进度很快。

支书家比较困难,房子也不宽敞。三间土坯房,一间用作厨房,一间隔成两个小间,支书夫妇住一小间,小儿子住一小间,还有一间既做会客室,又做女儿的睡房。我被安排在女儿的睡房,女儿则被挤到楼上休息。

某天深夜,我已经睡着,迷迷糊糊中听见有人呻吟,侧耳细听又闻啼哭声。我不知道支书家里发生了什么事情,心里乱哄哄的。等到天明,我问支书,他说爱人有病,说罢就出工了。我也赶紧出门来到工地。这天晚上,呻吟和哭声又将我从睡梦中惊醒。早上起床,我问支书的女儿,你妈得的是什么病。她说是子宫瘤,疼痛难忍,需要手术。我问为什么不去手术?她说手术需要六百元钱,她家一分钱也没有。我沉默了好长时间,然后上山参加劳动。

这天收工后,我晚上翻来覆去睡不着。支书家太贫寒了,这个手术肯定无钱去做。可是我也没有这个能力啊!父亲过世后,母亲卧床不起,上学时的贷款还没还完,月工资只有五十八元,除每月寄回老家二十元给母亲买药外,所剩三十八元也仅够维持生计。怎么办呢?支书爱人一阵又一阵的呻吟声和啼哭声,使我的胸口好像针扎一样疼痛。这一夜我失眠了,思来想去,无法入睡。

等到天明,我早早起床,请支书独自安排好修地事宜,我要回去办点事情。

我在区上写好贷款申请书,直奔中国农业银行小河营业所,说明来意,主管很快签了字,六百元的贷款拿到手了。然后把换下的脏衣服洗了,休息一晚,穿了一身干净的衣服,又返回鲁家河村。

我把钱交给支书,让他抓紧带着爱人到旬阳县医院做手术,并说村上修地的事由我来指挥。支书把村上其他干部叫来,反复叮咛他们一定要支持配合区上干部把点抓好。

这里的群众真好。他们修的地,石坎结实,田面平整。尤其是他们对我百般照顾,精心呵护,实在令人感动不已。

那时,我正在为考取陕西青年管理干部学院做准备。因为我毕业的陕西省安康农业学校是中专学历,我想上大学。每天晚饭之后,我都要在煤油灯下复习到深夜十二点钟。支书一家人对我好极了,每天他们就早早睡下,怕的是影响我的学习。晚上十一点多,支书爱人悄悄起床,为我烙油饼加餐。她去做手术的那一个周,就由女儿给我做饭加餐,怕的是我昼夜劳累身体吃不消。他们买来一盏新油灯让我使用,怕的是煤油灯的光线太暗伤害我的眼睛。

时间过得真快,那年冬季的三个月转眼过去了,五六十亩的水平石坎梯田修好了。在这三个月中,我与这里的群众建立了深厚的感情,区公所对我的工作也给予了充分肯定。我被评为

往事如烟

全区农田建设工作先进个人，受到表彰奖励。

一九九○年，我顺利考取陕西青年管理干部学院，实现了我上大学的梦想。

对于那个山村，如果就此打住，那将是我人生中一段最为美好的回忆。可惜后来发生了一些事情，给这段美好的回忆带来了瑕疵，让我的内心一直愧疚至今，无法释怀。

进入陕西省青年管理干部学院以后，我的经济更加拮据，同时母亲的病情不断加重。当时，读中专时老家吕河的贷款一直没有还完，去年在小河的贷款已经到期，人家不停地催要，大学生活又每天都要花费。可是到哪里再去弄钱呢？

陷入困境的我左右为难，是向赵支书要回那笔借款呢？还是不要算了？如果要，怎么忍心去要呢。如果不要，我又实在是没有办法呀！

无奈，我向小河营业所申请将贷款延期一年。到了一九九二年，我从陕西青年管理干部学院毕业时，还是无钱还贷，于是又延期了一年。这时我结了婚，后来又有了孩子，四口之家分居四个地方，我在工作单位小河，母亲在老家吕河，妻子在安康，孩子寄放在瀛湖外婆家，四个地方分别相距百里，生活异常艰辛。

后来，我硬着头皮再次来到鲁家河村，可是无法开口。赵支书主动提出贷款的事，说他家这几年经济状况没有好转，能否宽限些时日。我无言以对，默默地离开了村上。

那时的乡镇干部工资很低，况且时常拖欠，少则一至两月不发工资，多则半年不发工资。我的生活彻底陷入困境。时至一九九三年，母亲病得越来越厉害，孩子没有奶吃，妻子所在的商场越来越不景气，银行不住地催要贷款。万般无奈之下，我又到了鲁家河村。支书东挪西借，仅仅凑齐了一部分。剩下的那部分,我在母亲病逝前夕要回,还清了贷款。

时隔这么多年,我时常想起这件事情,觉得当初不应该要回那笔贷款。村上的群众对我多好啊!支书一家人对我多好啊!是他们用血汗垒砌了那一片水平石坎梯田,为我的人生在那里留下了深深的足迹;是他们用爱心让我能够在山村寂静的夜晚舒心地学习,为我后来考上大学奠定了基础;是他们给我提供了一次为民解忧的良好机会,可惜的是我未能做到尽善尽美,留下了人生的遗憾。

我时常想,假如我当初具有现在的经济基础,借给支书的那笔钱肯定是不会再要的。可是,人生哪有假如啊!不知支书家现在的经济状况是否已经好转?也不知支书爱人现在身体恢复得怎样?可能一切都好起来了吧!

(原载于2014年第9期《散文选刊》)

往事如烟

感念恩师

那天突然接到电话,说恩师的丈夫去世了,我的心情一下子阴沉到了极点。

看到恩师失声痛哭,我也肝肠寸断。我与恩师的感情胜似母子,恩师身体不好,我真担心她能否经受得住如此沉重的精神打击。

恩师一生辛劳,退休前,她为自己热爱的教育事业呕心沥血;退休后,她对自己的学生和子女劳尽了心神;晚年又失去了自己亲爱的伙伴,空守孤独。

我这一生最感念的人就是恩师。一九八〇年,我考入旬阳县吕河双井初中,那时高金珍老师就在这所学校任教。

由于我家住在农村,家境清贫如洗,父母重病在身,使我的求学生涯举步维艰。这一切都被善良的恩师看在眼里,急在心头。我记得,当她发现我那用有光纸装订的作业本写完正面写反面时,就悄悄地为我买来新的作业本。我记得,当她发现我每天因无钱交伙食费而啃"黑面馍"和"冷红薯"时,就为我端来热气腾腾的煮面条。我还记得,当她发现我在寒冷的冬季冻得瑟瑟发抖时,就为我找来温暖舒适的衣服。在吕河双井初中的三年中,我不知用了恩师多少作业本,吃了恩师多少饭,花了恩师多少钱。其实,那时恩师家也很紧张,工资收入微薄,三个孩子都在读书,房子住的是她丈夫杨叔单位的公房。我曾想:

如果不是恩师，我是无法完成初中三年学业的。

最让我刻骨铭心的是初中毕业后的那个暑假，我拿着安康农校的录取通知书却无法启程。正在我孤立无助焦急万分之际，恩师来到了我的身边，为我整备行装和盘缠，催我上路了。

在我四年的中专生涯中，收到最多的信件是恩师的信件，得到最多的鼓励是恩师的鼓励，享受最多的资助是恩师的资助。中专学习快结束时我们要进行毕业实习，其他同学陆续出发了，我却因为没有路费而急得团团转，这时我惊喜地收到一张署名高金珍的汇款单，就是这一百元的汇款使我顺利地完成了毕业实习任务。事后我才得知，恩师因病住院时，与我一个同学的母亲住在同一病房，她是从同学那里打听到我的情况后，托人给我汇了那笔款。说起来惭愧，恩师有病住院我都没有去看她，她却在病中时刻挂念着我这个学生。

人生最大的痛苦是失去亲人的痛苦。我刚刚考上安康农校，父亲就不幸离开人世。那时我的精神处于崩溃的边缘，我时刻担心我的学业是否能够继续下去。在我迷茫彷徨的人生十字路口，又是恩师来到了我的身旁，鼓励我振作精神坚持下去，又给予了我许多物质上的帮助。参加工作不久，母亲又亡故了，加之生活上的压力和工作上的不如意，竟使我感到前途渺茫人生无望。我疲惫不堪地回到恩师家中，休息了好几天。是恩师为我铺床，为我调养，为我疗伤，慰平我受伤的心灵，鼓起我生活的勇气。

转眼间我已走过了人生的四十个春秋，事业、家庭、生活均已打下了一定的基础。我所取得的成就中不知浸透了恩师多少心血和汗水。俗话说，滴水之恩，当涌泉相报。我走到今天，恩师给予我的太多太多，而我回报恩师的太少太少。

看到恩师蹒跚的步履和苍老的面容，我的内心很是酸楚。

往事如烟

在她失去亲人的晚年,我无法报答她对我的恩情,只有常去陪陪她,以缓解自己内心的愧疚和遗憾。

（原载于 2007 年 11 月 29 日《安康日报》）

无私的情怀

每当孤寂时,总会习惯地翻开学生时代的影册,常常勾起无限回忆,然而最让人深深思念的是一位既未留照片,又无留言的恩师。

十三年前,我在吕河中学上初一,由于初一不上晚自习,于是我们一些住校生就像脱缰的野马,打扑克、下象棋、打篮球……一天下午,我们照例在球场上打球。不知什么时候,一位中等身材的陌生女老师来到了我们身边,严厉地说:"大好的时光都用到玩上,多可惜呀!这样下去怎能对得起父母呢?"我不以为然,觉得她简直是多管闲事。不过从那以后,下午我不再没完没了地打球了,而是开始了认真的学习。

一天中午,我盛了满满一瓢水,只喝一口就泼在地上,正巧那位女老师看见就批评我:"这水都是同学们从几里外一担一担挑来的,要养成节约用水的好习惯。"从此我在心里对她总是疙疙瘩瘩的。

初二,偏偏遇上了那位老师当我的班主任,我想:"这下完了,这种冷酷无情的人,我怎么能受得了!"

过了不久,父亲老病恶化,母亲也病了,本来清苦的家庭更加贫寒,交粮上伙也成问题。班主任得知我的情况后非常同情,在精神上给我安慰、鼓励,在生活上给我关心、支持。以后的好长一段时间,我都在她家吃用,她对我就像对待自己的儿女一样。

光阴荏苒，斗转星移，在我考入安康农校那年，父亲不幸亡故，母亲卧床不起，贫穷多难的家境使我丧失了继续求学的勇气。在我悲痛、失望的日子里，恩师来到了我身边，她为我准备干粮、钱物，催我上路了。四年漫长的中专生涯，她给我最多的是慈母般的温暖和经济上的支持。永远难忘在中专临毕业时，我却没有了经济来源，急得团团转的时候，收到了一张署名高金珍的一百元汇款单，以后恩师每月都会送钱五十元左右。当时我激动的心情难于言表，后来才知高老师因教学任务过重，高血压病复发，在旬阳住院期间从我的同学口中打听到我的情况，就及时托人给我汇了一笔款。

说起来惭愧，恩师住院我都无暇顾及，而恩师却在病中时刻没有忘记她的学生。

工作后，有天回家，听说恩师病了，我急忙去看她。恩师苍老多了，人也变得消瘦、憔悴。我久久伫立在恩师病床前，默默无语，眼圈湿润了。

在人生的道路上，每当我遇到困难、挫折，感到空虚、失望时，高老师就会出现在我身边，给我以生活的勇气和奋斗的力量。

（原载于1993年4月8日《安康日报》）

岁月印记

那是二十世纪八十年代后期的岁月，我在陕西省旬阳县边远高寒的小河区工作。

与其他初出校门的热血青年一样，我很想在平凡的岗位上干一番不平凡的事业。

这年早春惊蛰前后，紧张的计划生育活动月告一段落，我利用三天的休假时间跑了一趟仁河口乡水泉坪。

小河区山大人稀，崇山峻岭中野生毛栗特别多。我向区领导提出搞板栗嫁接，改良野生毛栗的建议。领导说可以先抓一个点看看，于是就选择了基础条件较好的水泉坪。那天，我天不亮就出发，与林特站技术员小曹，骑自行车二十多公里到乡政府，再翻十公里山路，到水泉坪时已是下午四点多钟，当晚就对村民进行了技术培训。第二天家家户户在技术员的指导下开始了大面积的板栗嫁接。第三天中午十二点，我告别村民和技术员，独自一人回区里，到区公所时已是深夜十点多了。

口干舌燥的我急需一杯水喝，于是就敲开了区公所那间唯一亮着灯光的房门。区上的一帮年轻人正围在一起玩扑克，见到蓬头垢面的我笑得前仰后合，直呼："嫁接干部回来了，嫁接干部回来了。"我激愤得怒不可遏，转身回到自己的房间和衣而卧。

翌日清晨，区委书记与我们一帮年轻人共进早餐时，不知谁

往事如烟

219

又提起了昨晚的话题，于是嫁接干部长、嫁接干部短地说开了，甚至有人说三天时间到那么远的地方搞板栗嫁接根本就是不可能的事，还扳着指头为大家算了一笔吃喝拉撒行的时间账。听着，听着，我愤怒了，起身夺门而走。区委书记也愤怒了，美美地把他们教训了一通。

那天我气得一天吃不下饭，晚上翻来覆去也睡不着，都快十一点了还去敲开书记的门诉说委屈。书记表扬我有朝气，有追求，有奋斗，做得很好，但批评我气量小，爱计较，好争强，这样不好。还说随着时光的推移，是非曲直自有事实说话，无须自己诉说。

平静了一段时间，区上的年轻人又对我的写稿有了非议。有的说写稿是不务正业，有的说写稿是贪图虚名，有的说写稿是吹嘘领导，还有的说写稿是为了捞取稿费，等等。忍了一天又一天，我终于忍不住了，不仅与他们针锋相对，而且又去找区委书记倾诉苦水。这次，书记还是像上次一样，既有鼓励又有批评，句句语重心长，充满爱心。那些话坚定了我追求的勇气，教会了我处世的道理。

时隔二十多年后，回首那段岁月，既好笑又有意思。后来，水泉坪千亩板栗园建成了，全区板栗嫁接工作铺开了，我连年被评为优秀通讯员，多次获得作品奖，并被组织选送到陕西青年干部学院进修，又先后被调到旬阳报社、县委宣传部、县委组织部工作。尽管地方变了多处，但我对事业的追求和对写作的热爱有增无减。区上那帮年轻人也都各有寄托，他们当中有的参加了函授学习，有的钻研起了专业，有的当上了乡镇领导。不论当初如何，现在都成了我的朋友，见了面亲如兄弟，无所不谈，亦有懊悔当初虚度之憾。每每至此，我都会自责自己当初不该与他们针锋相对。

人不可没有精神,人不可没有追求,但在追求和奋斗的人生旅途中,难免遇到一些磕磕碰碰。我们走自己的路,让别人去说吧。多一些宽容,少一点刻薄;多一些追求,少一点计较,一切都会和谐美好。

（原载于 2001 年 6 月 16 日《安康日报》）

往事如烟

空山恋读

　　家乡山大,绵延起伏的卧牛山,高耸入云的南黑山,日出普照的太阳山,翠竹遍野的刘家山,都是放牛的好去处。家中养牛,自然与放牛结下了不解之缘。

　　从小酷爱读书,除了校读、夜读,最过瘾的就是放牛时的空山恋读。将牛赶入无垠的草山,寻一处草坪,摊开书页,或坐或卧,不知不觉就进入了扑朔迷离的书海世界。

　　空山恋读,天地做伴,群山相依,绿海拥抱,心旷神怡,令人陶醉。空山恋读,入情入境,忘情忘我,稍不留神,就惹麻烦,狼狈难堪。

　　一日,放牛于太阳山。手捧书本如痴如醉,猛听得一声拉的长长的尖叫:"谁——家——的——牛。"循声望去,只见一块玉米林被牛啃去了一大片,村上那位有名的"麻明儿"姑娘牵着牛缰,破口大骂,不堪入耳。看那架势,我的魂都丢了,哪还有勇气去要牛,眼睁睁让那"麻明儿"把牛牵走了。回家免不了又遭父亲一顿饱打。

　　又一日,放牛于卧牛山,太阳落山了,我才从书中回过神来,却四处找不见牛。入夜,我蹑手蹑脚、提心吊胆回到家,悄悄地走到自己的床上睡下。"牛到哪里去了?"听到父亲的怒喝,我急得哭了起来。父亲猛地从枕下取出书本就要一把火烧掉,多亏母亲百般相劝方才保全了那本我心爱的书。原来,老牛识途,看天色将晚就自个儿回家了。

以后的日子,我考上了学,参加了工作,自然也不再放牛了,但爱好读书的习惯却养成了,且终身受益。在奋斗中,读书伴我成长,帮我成功;在逆境中,读书熨平创伤,给人力量;在浮躁中,读书陶冶性情,净化心灵。读书,能在世俗喧嚣中给人留下一片晴空,永存一方净土。

现在条件好多了,读书的规格也高了,有妻儿伴读、明灯照读、高楼陪读、带薪求读、组织催读,但总也找不到儿时空山恋读那种空旷、神奇和美妙的感觉。

(原载于 2001 年第 4 期《灵岩》)

往事如烟

母校情深

离别母校已有十年，但我无时无刻不在思念母校，思念恩师，思念那给我第二次生命、扬起我理想风帆的地方。

那是一九九〇年的秋天，我怀着无限憧憬和希望跨入母校大门，开始了我梦寐以求的大学生活。不料，一场突如其来的恶病，使我的精神陷入了崩溃的边缘。

每当想起那段岁月，我总是心潮起伏，感慨万千，常常是泪水湿润了眼圈。记得病发时情形十分危急，必须立即手术，否则将会有生命危险。而我家住千里之外的陕南山区，亲人都不在身边，是学生处的张克清处长当机立断在手术单上签了字。记得当时的手术时间特别长，早晨九点进手术室，直到下午六点多才出来，是母校的领导、老师和同学焦急地在手术室外整整等待了一天。记得手术后，我的心情脆弱到了极点，是母校的领导、老师和同学们一次又一次来到病房，精心照料，百般安慰，使我鼓起了生活的勇气。还记得大病之后，生活陷入困境，是母校免去了我的学费，为我单设了病灶，并发起了"一人有难，大家相帮"的倡议书。是同学们为我打水、洗衣、买饭……我常想：如果不是母校领导的关怀和师生的帮助，我将无法度过那段艰难的日子。

在母校两年的时间里，我真正感受到了人间处处真情在，我深切体会到了家庭般的温暖和无私的情怀，我在五彩缤纷的生活中变得更加坚强和成熟。

光阴荏苒,斗转星移,校园时光转眼即逝。毕业时,院长郝玉琦、班主任王峰多方联系,为我争取到了一次到中国青年政治学院深造的机会,并寄予殷切希望。尽管后来因各种原因未能如愿,但我对母校的栽培之情永记心间。

说起来惭愧,毕业以后的十年间,我竟然没有再回母校一次。不是我忘记了母校,也不是我不想回母校,更不是我再没到过西安,而是觉得自己十年间学习、工作和生活不尽如人意,有负母校的厚望,无法报答母校的恩情。更让人内疚和自责的是:学生不去母校看望恩师,恩师们却多次来到旬阳看望学生。记得郝院长曾先后两次来到旬阳看我,第二次来时,我正在乡下,他竟然寻到我当时的单位县委组织部去找我,让我十分感动。还记得张克清、王峰、程相杰等老师都先后来到旬阳看我。每次恩师来时,我总有千言万语想倾诉,却不知从何说起。每次恩师走时,我总是心如潮涌恋恋不舍。听说母校发展很快,变化很大,已是桃李满天下,我感到十分欣慰,祝愿母校的明天无限美好!

(原载于《陕西青年管理干部学院学报》2002 年增刊)

往事如烟

走出毛公山的李哥

　　巴山深处有座名山叫毛公山,因其形状酷似仰卧熟睡的伟人毛泽东而得名。山下有一条清澈见石的河流叫吕河。我家住在吕河南岸的河边,他家住在吕河北岸的毛公山上。他叫李瑞清,是靠艰难跋涉走出大山的奇人。我就是追随着他的足迹从山里走出来的。

　　他比我年长,平时我就称他为李哥。在我的记忆中,他是一个不向命运低头的人。他凭着顽强的毅力和锲而不舍的精神,苦苦追求着心中的理想,给我们这些山里的孩子们做出了榜样。

　　命运常常捉弄人。恢复高考后,他和同龄有志青年一样,怀揣大学梦而励志笃学。一九八一年他第一次参加高考,以两分之差与大学失之交臂。他不甘心就此消沉。一九八二年,他走进了全县唯一的一所重点中学——旬阳中学复读。那个时候,他一心读书,只为能考上大学,走出农村吃"商品粮",实现"跳农门",改变自己的命运。功夫不负有心人,这一年,他以高出高考录取分数线三十多分的成绩考上了大学。这让他激动不已。然而,在他左等右盼等待录取通知书的煎熬中,等到的是因体检问题而未被录取。在挫折面前,他没有放弃追求,又复读了一年。这年他又考上了,可仍然没被录取。他带着遗憾回到了农村。这意味着他只能面朝黄土背朝天,干一辈子农活了。

机会总是留给有准备的人。一九八三年,国家招干,他以优异成绩顺利地被招录为合同制干部。不论是在基层乡镇司法助理员、乡政府办公室文书、乡财政会计、青年干部这些岗位上干的六年多时间里,还是在乡镇党委副书记、乡镇长、乡镇党委书记任职期间,他都干出了一流业绩。二〇〇六年,他调任县直机关,任广播电视局局长。后又调任水利局任局长,工作干得更是呱呱叫,使旬阳成为全国农田水利建设先进县。他个人被授予陕西省优秀水利局局长光荣称号。

毛公山下的人们常常以山里走出了李哥这样的"人物"而自豪,我也为有李哥这样的老乡而骄傲!因为李哥身上有很多优秀品质!

他是一个最爱学习和最会学习的人。他对学习的重视程度和刻苦钻研精神,无时无刻不在感染着我,激励着我。

他从走进单位的第一天,就把清朝骈文第一人汪中的自述"中堂有志于用世,而耻为无用之学"作为自己的座右铭,激励自己坚持学习,有志于用世。之后他在工作所用的每一个笔记本的扉页都写上这句话,提醒自己学用结合,为用而学,学为所用。

这是他在桂花乡任乡长时的一件事。因前任计划生育工作出了问题,他上任后要面对一票否决带来的诸多压力。一方面要下大力气搞好工作,一方面还要研究解决问题。在解决流动人口与计划生育报表的矛盾时,引起了媒体的关注。当时中央广播电台新闻部《新闻纵横》栏目编辑刘某,在采访他时,在三个多小时的探讨与交谈中,他对农村基层工作的见解,让记者折服。之后,记者对他实话实说:我来时,满脑子装着两种乡镇领导的形象:一是狗屁不通的土包子,二是飞扬跋扈的山大王。

往事如烟

你对乡镇工作的解读，改变了我对乡镇领导的看法。李哥的能力得到国家级媒体记者的肯定，认为他是一位很有水平也有责任心的乡镇领导。面对记者的表扬，他没有半点兴奋。记者的话不正流露出社会上对乡镇领导的"画像"嘛。这种一概而论的偏见和歧视，让他自卑，让他自重，让他自省，同时也让他坚定了把学习作为一种精神追求的信念。

他发誓要做一个有文化被人尊重的乡镇领导。他在工作之余除了学习还是学习。为工作而学习，注重学习的实用性。每在一个岗位，他都围绕岗位工作需要而学习，自学与培训学习从未间断过。二十年前，他才参加工作，精力充足，他无书不读。学习《求是》上的文章，经常坚持手抄；对报纸、刊物上的评论文章更是一篇都不放过；对好的文章剪贴成册，反复阅读。每年坚持做读书笔记十万字以上。更有甚者，他特别认真抓住大小会议学习，往往在散会时就形成了新的工作思路和落实意见。已过不惑之年的他，至今还在西北农林科技大学水利专业、清华大学县域经济研讨班学习，个人拥有大专以上学历证书三个。他不仅是带头学习的模范，而且走到哪里就在哪里抓学习型机关建设。到水利局后，当他在调研中发现技术人才缺乏的情况时，及时与西北农林科技大学联系，把水利专业进修班办到了单位，系统内有七十多人参加学习通过成人高考。三年过去，行业的业务水平有了质的提升。

在他所走过的每个单位，所担负的每项工作，所接触的每个人，时时刻刻都体现出他对党忠诚、待人真诚、对待群众赤诚的高贵品质。这是最值得我学习的地方。不论是群众来访，或者是下乡调研，他总是那样的热情待人，特别是对解决群众的问题总是那样的热心。他刚参加工作时在平定乡，经常下乡到老庄河村。那是一个缺水的村子，那时，他只能通过给群众挑水解决困难。他从平定乡调走二十多年了,这件事一直在他心里装着。他到水利局工作后,得知该村饮水困难依然没有解决时,及时派人实地勘察立项,很快解决了该村的人畜饮水问题。他在走过的单位,为群众办的那些实事好事众口皆碑。他所任职的力加乡、桂花乡等,通村路无不凝结着他的汗水。他调到赤岩镇工作,当时集镇开发,要架一座桥,几任班子都因诸多矛盾搁浅。他在任期间,找到问题的症结,然后以情动人,反复做工作,硬是把六年没有通的桥架通了。凡是对群众有益的事情,他都扑下身子去干,办群众的事情,他从来不含糊。就在他调到赤岩镇报到时,"接待"他的是要账的群众。二百多万元的债务,也确实苦了百姓。虽不是他拉下的债务,但他并没有推诿。在热情接待讨债的群众时,他以商量的口气问大家,给我点时间行吗? 我会把你们的问题解决好。他想方设法,很快还清了欠债,群众对他从信任到支持。从此,每遇棘手的问题只要他出面,群众自觉执行,从不扯皮。

李哥是一个对工作执着追求的人,他永不言败的做事态度,无时不在激励着我干好每一件事情。在工作中,不论问题再多,困难再大,他对事总能穷其办法,尽心竭力而为之。尽善尽美是他对事业的不懈追求。我在党员承诺牌上看到这样一句话,"调动全部的智慧和激情,推进人水和谐",他就是这样对工作极端负责又满腔热情。

他注重调查研究,善于思考问题。他常常在休息、外出开会的车上,行走在乡间的路上,给自己提问题,然后又反复思考解决这些问题的方法。不论是在乡镇工作,还是在县直机关,民生问题,是他研究最多的也是做得最好的工作。乡村饮水、通村道路建设、广播电视的普及、循环农业、生态水利,他都通过调查研究,找到服务民生的最佳方案,科学发展,高效发展。他

往事如烟

对工作从来都是用全面、系统的方法解决,从来都是从大局出发定位工作,解决问题。

记得他在段家河乡任党委副书记时,探索出了一套基层干部管理的好办法,引起了市、县组织部门的高度重视。当时我在县委组织部工作,有幸随调研组深入段家河与李哥面对面交流,深受启发。尤其是他在全县领导干部培训班上的发言,掌声雷动。那种热烈的场面至今浮现于眼前。他在赤岩镇任党委书记时,积极探索的基层干部"企业化管理"新模式,在当地开了绩效考核工作的先河。针对赤岩集镇狭小落后的现状,他积极探索出将"集镇开发、新农村建设、扶贫重点村建设、移民搬迁"资金四位一体捆绑使用的新途径,有效解决了集镇建设的资金难题,为各地提供了宝贵的经验。走在规模可观、环境优美的赤岩新街上,无人不说李瑞清书记的好处。他在县广电局任局长时,开办的《太极城故事》地方剧,至今令人回味无穷。更值得一书的是,在他任旬阳电视台台长期间,旬阳的对外宣传发稿始终位居省市前列,并在中央电视台播发了大量的旬阳新闻,为推介旬阳发挥了巨大作用。

俗话说,近朱者赤,近墨者黑。我和李哥是同一个地方的人,后来又在同一个县城工作。他既是我的老乡,又是我的挚友。和他交往,给人带来的是睿智和进步。我珍惜这份友情!

（原载于 2012 年第 3 期《散文选刊》）

女孩与栀子花

陕南安康的瀛湖，蓝天白云下，青山环抱，碧水环绕。岳父家就在这风景秀丽的自然山水间。

岳母健在的时候，曾经和岳父发生过一次摩擦，起因是女孩和栀子花。岳父家离南溪中学不远，家里住着几个寄宿的中学生，其中一个女孩非常爱花。岳父家的房头是厕所，厕所旁是一块菜地，菜地靠近厕所的那头有一株栀子花，长得非常苗壮，花也开得很是茂盛。女孩每天放学回家，都会走向栀子花，左看右看，前看后看，上看下看，有时竟然蹲下目不转睛地凝望，那样子似恨不得将那些花儿揽在怀里。终于有一天，女孩忍不住折下一枝栀子花，找来一个瓶子，灌入清亮的湖水，把那枝花儿插在瓶里，放在床头的木桌上尽情欣赏。女孩折花的时候，岳父在家，也是看见了的，但岳父没有忍心嚷她。岳母回家，发现了被折的栀子花，对岳父发了脾气，并要找女孩的麻达。岳父说，小孩子家，又是那样爱花，折了就算了，没有必要小题大做进行追究。但是岳母不听，对女孩多有指责。事后女孩离开岳父家到别处寄宿去了，为此岳父郁闷了好长时间。

提起这株栀子花，我又听到另一个女孩的故事。三十年前，有个女孩，长长的辫子，大大的眼睛，纯洁得就像一枝栀子花。这天，女孩来到遥远的巴山深处走亲戚。当她看见亲戚家的地边有一株美丽的栀子花时，高兴得手舞足蹈。亲戚家的长辈是

一位慈祥的老人,他对女孩疼爱有加。当他看到女孩整天围着那株栀子花转,临走时还站在栀子花旁依依不舍的情景时,问女孩是不是想要栀子花。女孩点头笑了。于是长辈拿来锄头,挖出那株栀子花,用塑料布缠好带有泥土的根部,送给女孩。回家后,女孩就在厕所边的菜地旁挖坑、栽花、培土、浇水。可能是土地肥沃,加之女孩的浇灌,栀子花越长越葱茏,花儿也越开越好看。后来女孩嫁给了我,女孩的父亲变成了我的岳父。妻子是女孩的时候,栀子花由她来护养,妻子随我走后,岳父就成了栀子花的保护神。

女儿也是一位爱花的女孩。上高三时,她在宿舍窗台上养了一盆芦荟,回家还帮我在街上买了一株栀子花栽到盆里。前年岳母去世后,我和妻子接岳父来我家居住,恰好那盆新栽的栀子花枯死了。我叹息。女儿也叹息:"外爷家的那株栀子花长得那么好,为什么在街上买的栀子花总是栽不活呢?"当时女儿的外爷就站在我们身边。去年春季,妻子要去安康照顾临近高考的女儿,岳父独自一人回到老家。时至年关,我们一家三口到瀛湖去看岳父,又见到了岳父老家那株栀子花。所不同的是,栀子花树的一个侧枝被弯下压在土里,枝叶的末梢露在土外,长出好高好高,叶子嫩绿可人。我问岳父个中原因,岳父说压在土中的枝条会生根发芽,等根长得粗壮结实了,用剪刀将根部靠老干的那端剪断,就是一株新树苗了。这时我才发现在那株栀子干的旁边另放着一个塑料花盆,盆中栽着一株栀子花苗,长得绿油油的。岳父说这株花苗压得早些,根长好了,这次就可以带回旬阳了。春节过后,我、妻子和女儿将那株栀子花苗带回旬阳,移栽到一个大花盆里,长着长着,竟然从花枝上呈梯次状生发出八个新枝来,并在老枝的顶端长出一个花苞,且越长越大,最后竟尽情绽放开来,洁白无瑕,好看极了。到了五月,我们又把岳父接到旬阳来住,当他走进阳台,看见那株栀子花时,脸上露出了幸福的微笑。我和妻子也是笑容满面。远在西安电子科技大学的女儿如果在家,笑得定会更加灿烂。

我想,岳父家正在压着的那个枝条生根发芽长成新苗后,如果能够送给那个曾在家中寄宿的女孩,那该多好啊!

（原载于 2013 年第 7 期《散文选刊》,入选《2013 中国最美的散文》一书）

往事如烟

常忆乡村岁月

泡在城市生活的圈子,反倒常常怀念在乡村的日子。

十九岁那年,学校毕业就到乡村工作了,没想到在那里一待就是十个年头。

人生最珍贵的年华丢在了山里,我曾经埋怨过,觉得荒废了青春。岂不知,就是这十个年头的经历和磨砺,才是我人生中最宝贵的东西。

山里人的淳朴善良,热情好客,在我心中留下了最美好的回忆。每到一家,他们就像有了喜事一样,高兴得不得了,把最新的床铺腾出让我睡,把最净的被子抱来让我盖,把最好的饭菜端出让我吃,把最香的酒水拿来让我喝。

这是一个冬季,我在那个村蹲点抓农田建设,住在支书家。他们家当时的经济条件并不好,爱人有病,女儿上高中,儿子上小学。但是,他们每天为我准备的饭菜总是那么香甜可口。每隔几天,他们还要杀一只鸡给我改善生活。三个月下来,我突然发现支书家的那群鸡不见了,原来是让我吃掉了。记得那时我正在复习考大学,每天晚上支书一家早早睡觉,为的是不干扰我的学习。我的床头放着一盏明亮的油灯,每晚油总是满满的,光总是亮亮的。后来我才得知他们专门买了那盏油灯供我学习,而他们自己用的是墨水瓶做的暗暗的煤油灯。每天晚上十二点多,支书爱人都要起来为我烙几张油饼加餐,遇到支书爱人病重,就让女儿起来做。那是他们怕我学习到深夜饥饿。离开那个村子时,我要给他们伙食费,他们说啥也不要,以至于他们一家人变了脸,我才作罢。

山里的人们那样厚道。他们做人实在,待人真诚,他们无限地付出却不要回报。在乡村的十个年头,我无法统计白吃了山里人多少饭,白喝了山里人多少酒,我觉得亏欠他们的太多太多,而我为他们所做的太少太少。

有年秋天,我到另一个村子,住在姓陈的一户农家。完成任务后要回机关。主人陈叔说要送我下山,我不让送。他说山路难走,多有蛇虫,山下还有一条河,常常涨水。说罢,他在柴垛里折了两根木棍,一根给我,自己则拿着另一根走在前面领路了。只见他边走边用棍子抽打山路两边的荆棘杂草,为的是驱赶虫子和打折伸出路面的刺头,免得伤了我的身体。走着,走着,天空突然下起大雨,山路慢慢开始湿滑难走了。这时那根棍子更是派上了大用场。我们拄着棍子一步一滑地走了三个多小时才下到沟口的河边,不料河水却涨了,我害怕得不敢过河。只见陈叔脱掉衣服,背起我一步步走进河里。河水越来越深,水流越来越急,我非常担心。陈叔说,不要怕,这河我过惯了,坚持一下就过去了。过了河,陈叔和我道别,叮咛我小心慢走,前面就是大路。然后,他又走进河里准备过河回家。这时,河水涨得更凶了,只见河面上漂浮着的很多柴草和泡沫直向陈叔扑来,几个巨浪竟将陈叔冲了几个趔趄,危险极了。过河后,陈叔向我招手示意让我快走,说天要黑了。走了一段路程,回过头看见陈叔还立在河边向我张望。又走了一段路程,回过头看见陈叔还在河边目送着我,后来看见陈叔的身影越来越小,直至看不见了。

我的心灵震撼了,眼圈湿润了。多好的人啊!山里的老百

姓常常把我们视为尊贵的客人，而把自己当作草芥。他们呵护的是别人，牺牲的是自己。这样的人格是高尚的，这样的行动是伟大的。

我时常想起在乡村与农民打交道的一幕幕。不论是采访还是闲谈，他们的语言是那么的朴实，毫无矫揉造作的痕迹；他们的心灵是那么敞亮，毫无躲躲藏藏遮遮掩掩的顾虑；他们总会掏出自己的"心窝子"，把我们当作亲人。我常想，这种信任，这种坦荡，应该是人生最美丽、最珍贵的东西。他们的做人做事经常令我感动，并使我自惭形秽。

在乡村十个年头的日子，影响了我的一生。从山村人民的身上，我学会了明明白白做人，踏踏实实干事；学会了真诚待人，关爱社会。因为有了这样的阅历，我才深深地懂得了珍惜和感恩，总想通过勤奋工作回报社会、感谢乡亲。乡村的日子使我收获最大的是积累了丰富的生活素材，为我日后的写作奠定了坚实的基础。如果没有那时的积累，也不会有我今天写作上的成就。

人常说"有得必有失，有失必有得"，这是很有道理的。虽然我在乡村吃了很多苦，但我却得到了很多别人无法体会和无法得到的东西，并将受用一生。

（原载于 2011 年第 10 期《散文选刊》）

黄桥往事

　　黄桥位于安旬路途的汉江南岸,属旬阳县段家河镇的一个自然村,可能是因村里多黄姓人家而得名。

　　每次路过黄桥,我总会透过车窗遥望汉江对岸的大山出神,思绪飞向那久远的从前。

　　我去过黄桥仅仅一次,却留下刻骨铭心的记忆。那是一九八七年的春季,我和另外两名同学在吕河兽医站实习。一天清晨,刚刚起床就有一个老农来找,说家中的母牛生不下牛仔。于是我们随他赶往黄桥。

　　主人姓黄,住在山腰,四周崇山峻岭,看不到一块平地,甚是凄苦荒凉。牛棚外面卧着的母牛,双目失神,疲惫不堪,已无力再作产前的挣扎。

　　我们七手八脚整理好手术器械,简单作了分工,由我主刀,其他几名同学作为助手。

　　手术进展得异常艰难,加之我们是毕业实习生,没有什么经验,整整折腾了三个多小时,方才将母牛体内的小牛取出,小牛已失去了宝贵的生命。于是草草将母牛的伤口缝合,手术就算结束。

　　主人为我们准备了一桌酒席。我们正在狼吞虎咽之际,出门解手回来的同学天宝凑到我耳旁说母牛也死了。

　　我们急忙起身,拿了主人手中的 45 元手术费,惊慌失措地

往事如烟

237

飞奔下山逃走了。

　　回到吕河兽医站，我们暗自庆幸瞒过了主人，自鸣得意自己的"精明"，并用那四十五元手术费美餐了一顿。

　　自从那次手术之后，心中总觉不是滋味，有一种无形的谴责折磨了我一年又一年。两头牛的死去，这对于一个以耕牛为主要劳役工具的农民来说是何等沉痛的打击。不知那时我们的同情心飞向了哪里？四十五元的手术费，这对于一个陕南高寒山区的贫苦农民来说是何等的重要啊！不知那时我们接钱的双手怎么就没有颤抖？我们在吕河街道用四十五元手术费下馆子喝酒，庆贺的是手术的成功还是失败？

　　在以后的岁月，每当遇见黄桥人或路经黄桥时，都会勾起我对二十年前那件往事的回忆。触景生情，感慨万千，常常使人自惭形秽，无地自容。

　　（原载于 2007 年 9 月 3 日《安康日报》）

村校的"许佬儿"

　　"许佬儿"是村里学生对许老师的不礼貌称呼。许老师是外地人。具体是哪里人？叫什么名字？我都记不清了。在我的印象里，许老师当时五十多岁，个子很高，而且不苟言笑，是一个很"古板"的人。同学们都不喜欢他，家长也都不喜欢他。

　　那个叫观音堂村小学的学校，六个年级，百余名学生，两个教室，两个老师，是典型的"复式班"。也就是说，每三个年级合用一个教室，由一名老师来教。许老师曾教过我所在的班级。

　　七十年代，学生不是游行，就是种菜，教学是可有可无的事情，我们村的小学也是如此。可是许老师偏偏要履行人民教师的职责，不但在课堂上认真讲课，放学后还要家访。课堂的较真儿引起学生的不满，家访的执着引起家长的不满。

　　说来也怪，我们那个村子的人们不注重文化，学生不爱学习，家长不管孩子，"学好数理化，照样攥锄头把"是村里人的口头禅。许老师偏偏被安排到这样的村子教书，也是他的命苦。

　　记得上课时，那些调皮的学生经常和他作对，把他气得青筋直暴。有次上课前，有个同学把洒满灰尘的笤帚架在半掩的门顶，许老师推门进来，笤帚打在他的头上，灰尘落得他满脸都是，眼睛都睁不开了。还有一次上课，趁许老师在黑板书写的间隙，有个同学忽地跳到桌面上，等许老师转过脸时，那个同学嗖地又跳下桌子，如此反复，把许老师折腾得够呛。

239

许老师家访时,学生都害怕,主要是担心他给家长告状。看着许老师从山梁的学校出来,学生就齐声大喊:"许佬儿！许佬儿！好吃佬儿！好吃佬儿！"有的同学还藏在暗处拾起土疙瘩向许老师扔。他们想用各种办法阻止许老师的家访,但收效甚微。

每个学期,许老师都要把村上的上百户人家一户不漏地走一遍。了解学生的家庭状况,向家长交流学生的学习情况,规劝家长要重视孩子的学习和成长。可是,对许老师的苦口婆心,多数家长不以为然,有的家长还十分反感。

我们那个村子的人们非常好客,来了客人都要管饭。许老师来家访,因为路途遥远自然必须管饭。于是许多家长就在背后议论:许老师家访是假,混吃混喝才是真正目的。说得久了,传到许老师的耳朵里,他感到很伤心。

许老师的家访,尽管遭到学生的谩骂,家长的白眼,但是他丝毫没有退缩的意思,依然我行我素逐户家访。这天,许老师到我家来家访了,受到父母的热情接待,使许老师颇受感动。因为我的父母是村上最重视文化的人,尽管他们没有文化。

许老师与父亲谈论了许多关于我学习的事,还谈了村里学生破坏学习的不少恶作剧。父亲对我说:"你不要学别人的坏样子,也不要管别人做坏事,只要管好自己的学习就行了。"许老师不同意父亲的观点,说,不学别人的坏样子是对的,但不管别人做坏事就不对了。不仅自己要学好,还要带动别人学好,这才是一名好学生。许老师还把我的作业本拿给父亲看,当面纠正一些错误。父亲看到作业本上画的那些红"×"时,当场扇了我一记耳光。许老师批评父亲:"教育孩子不能使用家庭暴力,要耐心引导,哪个学生不犯错误呢?"由于父亲性情粗暴,许老师又爱认死理,两人话不投机,谈得很不愉快。那晚母亲做好了饭,许老师没吃就走了。父亲没有挽留,我也没有挽留。

后来,村上人,不论是学生,还是家长,越来越不喜欢许老师,就连许老师的上级教育主管部门也不喜欢他了,把他调走了。

许老师走后,我再也没有见过他,也不知道他的消息。如果他还活着,应该九十多岁了吧。这么多年来,我一直在心里想,许老师受到的不公正待遇,不仅是许老师的悲哀,也是观音堂村的悲哀,更是那个时代的悲哀。其实,"许佬儿"是个好老师。

(原载于 2015 年 7 月 22 日《陕西工人报》)

往事如烟

人生难得几回醉

我想喝酒，那是因为酒香。

但我不能喝酒，那是因为我对酒精过敏。不论是白酒还是红酒，喝下去后皮肤瘙痒，睡不着觉，更有甚者还会流鼻血。

正由于此，多年来，我谢绝了无数朋友的宴请，接待应酬也是躲躲闪闪，实在没有法子，坐在席间也是故作姿态。

于是有人不悦，觉得我扭扭捏捏，不像个男人。

其实，我是一个性情中人，外柔内刚，喝酒很是豪爽。

在我的人生中，曾经喝醉过三次，而且每次都醉得吓人。

第一次醉酒是一九八七年七月某日。当时我刚从安康农校毕业，被分配到小河区公所工作。区上为我接风摆了四桌，每桌八人，喝的是"五加皮"。

区委书记提议共饮四杯之后，过来敬酒。我受宠若惊，起身喝干一杯坐下。书记说，旬阳的规矩是酒不单行，要喝双杯。我起身再干一杯坐下。

区长来了，我说，我不会喝酒，过去从来没有喝过酒。区长说，书记的酒喝了，区长的酒不喝，是不是书记官大，区长官小？我连忙道歉，不是的，不是的。边说边喝干两杯。

后来区上干部陆续敬酒，我无言以对，慷慨痛饮。

我的办公室在区公所大楼三层（宿办合一），隔壁住的是李副区长。他见我第二天中午醒来，好像心中的一块石头落了地,连声说道,总算醒来了,醒来就没事了。他还说我昨天一口气喝了几十杯白酒,当场醉倒餐厅,是他将我抱到床上的。晚上我又先后五次翻下床。为了照顾我,他一夜都没合眼。他还告诉我,在酒场上不能太老实,不然就会吃大亏。

第二次醉酒是一九八八年春季某日。县上召开青年工作会议,住在旬阳干部招待所。报到那天下午,那些在县城工作的同学前来叫我。

同学相聚,气氛热烈,他们劝我喝酒。

我面露难色,向他们解释说,我参加工作第一次喝酒就喝醉了,从此再也没喝过酒了。他们说,区乡干部哪有不喝酒的?不喝酒咋能开展工作呢?再说同学情谊比海深啊!经不住劝,我又端起酒杯。这一喝又一发而不可收,当场醉倒。

那晚和我同住一个房间的是神河区青年干部小魏,折腾得他一夜没睡。他说,我晚上呕吐不止,还流鼻血,把他吓坏了。

第二天开会,我心里难受,似睡非睡,状态不佳,发言时语无伦次,给领导留下不好印象。

会议结束后,我十分沮丧。小魏安慰我说,像你这种人,既老实,又心软,还流鼻血,最好不要喝酒。

第三次醉酒是一九九〇年农历正月初五。这天大雪封山,我们三个在外工作的吕河人聚到向庄村。这个村子位于汉江南岸的巴山上,村里出过两个人物。一个姓向,由村党支部书记干到区委书记;一个姓南,由村党支部书记干到乡党委书记。我先来到半山腰找到向书记,然后一同上到住在山顶的南书记家。

我们的到来,令主人兴奋不已。他们先是把地炉添足木柴。大火熊熊燃烧,照得满屋通红。再是把吊罐放些猪蹄,加足清水,悬在地炉上烧煮。然后搬来圆桌,摆上牛肉、猪耳、野鸡、豆干等菜肴。最后取来一只烧水用的大铝壶,灌满吕河特产柿子酒,放在地炉旁边加温。

三个人,没法猜拳行令,只有一杯又一杯地共饮。不一会儿工夫,我就喝得迷迷糊糊,趴在桌子一角睡着了。

快要醒的时候,听见他俩正在闲聊。向书记说,这个孩子命苦,从小父亲就过世了,母亲也有病卧床不起。这几年在小河工作,满腔热血,却连遭挫折。先是入党,连续三年都没有通过;再是调动,定了的事情后来又黄了;这次推荐报考省团校,上级给了机会,区上有些人却不同意他去。

听着他们的谈话,我哭了。为了不被发现,我又多睡了一会儿。随后醒来继续喝酒。喝着,喝着,我又喝醉了,于是又趴在桌子一角睡着了。就这样醉了睡,醒了喝,喝了整整一天。

天黑了,我们准备下山。南书记把一支火把点燃交给向书记,把另外两支备用火把交给我。山上狂风呼啸,大雪纷飞,山下白茫茫一片。哪里是山?哪里是河?哪里是路?根本分不清了。走着,走着,我只觉得眼冒金星,双腿发软,一不小心摔倒在地,向山下滚去。

向书记一边大喊:"小赵!小赵!"一边奔赴下来抓我。幸亏我福大命大,被一棵树根拦住。向书记拉起我,心疼地问,伤着没有?并劝我凡事要量力而行,喝不了就不要硬撑。

后来我对酒精越来越过敏,经常流鼻血,医生也劝我戒酒,于是我下定决心把酒戒了。

对于酒,我不是不想喝,也不是不会喝,而是不能喝。这是性格使然,身体使然,不怪酒,也不怪劝我喝酒的人,只怪我没有喝酒的本事。每当心情烦闷的时候,想到别人还能借酒消愁,自己却连这点能力都没有,独自伤悲。

我倒是希望自己有个海量,多来几回"酒逢知己千杯少,一醉方休解万愁"啊！可是每逢临阵,总是战战兢兢,担心再次做出"自不量力,害人害己"的事情来,于是甘当缩头乌龟。有幸的是现在崇尚节俭,接待应酬明显减少,不由得暗自高兴。

（原载于 2015 年 3 月 9 日《中国散文网》）

往事如烟

东河夜话

从安康农校毕业后我在小河工作，那时刚刚二十出头，还不醒世。这天下乡来到东河，翻山越岭，走村串户，落实任务。等到爬上山梁，天色已晚，人也累得筋疲力尽，我想就地休息吃饭。

这时有人捎信，让我下到沟边的郭家就餐。刚进郭家院坝，一家人就笑呵呵地出门迎接。我惊喜地发现郭书记也在那里。我问道："你咋在这里？"他说："这是我的家呀！快到屋里坐，饿坏了吧？"郭书记是小河区某乡党委书记，听说我到了东河，专门赶回来陪我。

坐下后，一家人又是敬烟，又是倒茶，又是做饭，那个热情劲，让我都感到有点不好意思了。

我们边吃边谈。闲聊中郭书记给我讲了一个曾经发生在东河的故事。那是某年秋季的一个夜晚，某个乡干部在东河下乡，住在山梁上的某户农家。这家人很好客，上的饭菜很丰盛，喝的酒水是陈年佳酿。为了让乡干部吃好喝好，这家人轮番劝酒，喝着喝着就喝到深夜一两点。散席后孩子先睡了，男人也先睡了。女人没有睡，她是在等乡干部睡了之后再去睡。可是这个乡干部很兴奋，丝毫没有睡觉的意思。他不停地和女人拉家常谝闲传，谝着谝着就开始谝些酸话情话。女人说："领导，不早了，睡觉吧。"乡干部说："还早着，再谝会儿。"女人催了好几次了,最后干脆端来洗脚水,要求干部洗脚睡觉。乡干部说:"你先洗,我后洗。"女人说:"你是客人,你先洗,我后洗。"推来推去,乡干部就是不先洗。女人无奈,挽起裤腿,脱掉鞋袜,双脚泡在水中先洗起来。这时,那个乡干部以迅雷不及掩耳之势脱掉鞋袜,双脚扑通一声放进水中,踩住女人双脚的同时,双手捏住女人的双腿,不停揉搓,嘴里还说:"你的皮肤好白啊! 肉肉好嫩啊!"屋里睡觉的男人大喝一声,猛地跳起,操起一把杀猪刀扑了出来。其实男人一直没有睡着。乡干部被这突如其来的举动吓坏了,拔腿就跑。

郭书记说,那晚多亏我在家里,不然麻烦就大了。只见对面山坡上鬼哭狼嚎,一道火光上蹿下跳,直向山下飞来。我和儿子、爱人站在院坝坎边,严阵以待。看看来得近了,方才看清是那个乡干部。我们急忙把乡干部藏在家里,闩紧门闩,立在门口等候。男人扑进院子,我一把没有抱住,还被撞个趔趄。幸好我儿子身高力猛,一把将那男人抓住,提起摔到坎下,才稳住阵脚。说到这里,郭书记抬起右腕,让我看被那男人用刀划破的毛衣袖口。

郭书记问我:"你还记得区委刘书记那次在区乡干部大会上的讲话吗?"我忙说:"记得记得,那次刘书记大发脾气,对全区干部约法三章:一是进村入户,男人不在家时,不能在女人家睡觉;二是晚上住宿,男人不在场时,不能和女人闲谝;三是吃饭喝酒,白天不许喝酒,晚上不能喝醉。"郭书记说,那次区委进行干部作风整顿,就是因东河事件而起。

听了郭书记一席话,我陷入了沉思:陕南农村,老百姓热情好客,可是我们的某些干部,辜负了老百姓的好意,做出一些啼笑皆非的事情,实属不该。我对郭书记的热情接待和良苦用心深表感激。

　　离开东河二十多年了,东河夜话的情景依然历历在目。郭书记家的美味佳肴,郭书记讲的精彩故事,以及刘书记的约法三章,至今发人深省,令人回味。

　　(原载于 2012 年 4 月 29 日《陕西工人报》)

三哭黑妹

　　黑妹是我小时候养的一只猫,全身黑色,没有一根杂毛,油光发亮,十分可爱,我给它起名为黑妹。它和我亲密无间,我走到哪里,它就跟到哪里,形影不离,到了晚上,它还要跟我一起睡觉。它不仅陪我玩耍,还会逗乐。在我遭受意外袭击的时候,它表现得极为勇敢。可以说,黑妹与我的感情到了相濡以沫的地步。

　　可是有天夜幕快要降临的时候,黑妹却躺在院子口吐白沫,浑身痉挛,样子十分可怜,不一会儿就断了气。妈妈说黑妹中毒了,我也猜测是有人给黑妹吃的东西里下了毒,或者是黑妹吃了别人下了毒的东西。

　　我在老屋的后山为黑妹找了一块地方,掘了一口小井,在小井的底部和四壁镶上石板,把黑妹放在井中,用另一块石板把井口封住,再用黄土覆盖其上,最后竖起一块石碑,作为黑妹的坟墓。

　　晚上躺在床上,辗转反侧,难以入眠。伸手摸摸,黑妹不在身旁,心里空空荡荡,许多往事涌进心房。记得有天下午,我在菜园摘菜,只听身后沙沙声响,回头发现有条菜花蛇向我扑来。在这千钧一发之际,黑妹一个箭步拦头截住菜花蛇。我急忙闪开,跑向地边的路上。只见蛇猫大战,黑妹前爪踩住蛇的腰部,蛇猛然回头吞咬黑妹前腿,黑妹腾空跃起闪在一边,双方进入

往事如烟

249

僵持状态。我真为黑妹捏了一把汗，担心它斗不过菜花蛇，毕竟黑妹那时还小。又见黑妹怒目而视，身子左右移动，正在寻找攻击的机会；菜花蛇的头部高高扬起，随着黑妹移动的方向而左右摆动，血红的蛇芯子伸出口腔老长，样子十分恶毒。机会来了，黑妹猛扑上前按住菜花蛇的头部，菜花蛇则死劲缠住了黑妹的身体，做殊死搏斗。我手握棍棒，围在蛇猫四周乱转，寻找机会为黑妹帮忙，可是它们缠在一起，无从下手。经过一个时辰的拼杀，菜花蛇惨败而亡，黑妹左前腿被蛇咬伤，后经医治恢复健康。往事历历在目，心中痛如刀绞。想着黑妹生前对我的好处，不由得泪水扑簌簌落了下来，打湿了枕头。我越哭越伤心，先是无声抽泣，再是哼哼唧唧，后来竟然止不住失声痛哭。妈妈走过来劝说好久，我才在哭声中昏昏睡去。

翌日天还没亮，我从睡梦中惊醒，径直奔向老屋后山。我感觉黑妹没死，相信它还活着，等着我去救它。我拔出石碑，刨去黄土，揭开石板，抱起黑妹，不停地摇它，喊它。可是再摇摇不醒，再喊喊不应。我的异常举动惊动了妈妈，它走到我的身后说："黑妹死了，不会再答应了。我知道你和黑妹感情很深，但是死了不能复生，还是赶快让它入土为安吧。"听了母亲的话，我又把黑妹抱了很久很久，埋了。

这天我像掉了魂似的，失神落魄，茶不思，饭不想，游游荡荡，摇摇晃晃。晚上躺在床上，还是无法入睡，满脑子想的都是黑妹和我过去的事情。记得黑妹活着的时候，长得很漂亮，不管是谁见了它都要夸奖，加之它通人性，很听话，又勇敢，真是人见人爱。这就惹了一个人，他嫉妒黑妹的漂亮，他不爱听人们夸奖黑妹，他对黑妹越来越仇视，他有时还背着我整治黑妹。有次他抓住黑妹的脖子高高举起想摔死它，被我发现。我怒不可遏，飞扑上前将他踢翻在地，打了几拳。论年龄他比我大，论力气我比他大，每次打架，都是我将他撂翻在地，按住他打。这次因为黑妹我又打了他，他愤怒了，硬打打不过，他就下暗手。在我没有注意的时候，他捡起一块石头，藏在暗处，一石飞来，将我脑门砸了一个窟窿，血流如注。黑妹发现后大喊大叫赶来，用舌头舔我伤口不断流出的血污，试想止住流血，可是越舔血流越多，它惊恐地跑去叫来妈妈。那个伤口处于鼻梁上方的两眉中间，村里人称为"脑门囟子"，非常危险。妈妈请来村医，治着治着就感染了，后来虽然治好了，但是留下鼻炎的顽疾。多好的黑妹啊，说死就死了！以后谁来陪我玩呢？想着想着，我又忍不住哭了，哭声越来越大，最后竟是号啕大哭。妈妈被惊醒了，她来到我的床边，陪我说了好多好多话。她说，人要坚强，不坚强就经不起风浪，经不起风浪的人是没有出息的人。说着说着，我就睡着了。

第三天起床，我又来到老屋后山，我还是觉得黑妹没有死，相信它还活着，等着我去救它。我三下五除二扒开坟墓，将它抱出来，摇它喊它。这次妈妈发脾气了，她说，你也不仔细看看，它真的死了，真的是中毒而死的。你看它的鼻子眼睛嘴里都是黑血，这不是中毒是什么？赶快把它埋了。听到妈妈的训斥，我如梦初醒，确确实实相信黑妹已经死了，而且是中毒而死的，于是再次将她埋了。

这是黑妹死后的第三个晚上，我还是翻来覆去睡不着，还在想着黑妹的事。这次我想的是黑妹是怎么死的？是谁下的毒？在哪里下的毒？记得那次我家的鸡被毒死了，是因为我家的鸡吃了人家的菜，人家在菜园子的蔬菜上打了药。但是猫不吃菜，肯定不是因为蔬菜打药致死的。是不是有人在我家猫碗里下了毒？一想，也不可能，一是别人没有那么大的胆子，二是我家猫碗干干净净的，没有下毒的痕迹。倒是下午发现他家粪堆一角丢弃了个破碗，里面脏兮兮的，黑乎乎的。那些发黑的食物足以证明下过毒的。黑妹经常到他家去吃东西。他太狠心了，竟然丧心病狂对黑妹下了毒手。我越想越气愤，越气越憋不住了，竟然再次放声大哭起来。我发誓要为黑妹报仇！妈妈听到哭声赶来，让我不要再想这事，该放下的要尽快放下来。我说，明天就去找他算账！妈妈厉声喝道："你怎能和他一般见识？冤冤相报何时了？凡事要息事宁人。毒死几只鸡和毒死一只猫，没有什么大不了的事情！"妈妈还对我说："做人要有宽广的胸怀，不能斤斤计较。凡事只要以诚待人，没有什么解不开的疙瘩。俗话说和气生财，以和为贵。邻里关系的相处尤其要做到这一点啊！"

后来，随着时光的流逝，黑妹的事情渐渐淡忘，但是妈妈的教诲始终记忆犹新，不能忘怀。不管是在以后的求学，还是工作，以诚待人，宽容为怀，与人和睦相处，始终是我做人处事的原则。目前，乡村常常发生的那些矛盾和纠纷，都是缺乏宽容和谅解造成的。如果人人都像妈妈那样为人和处事，邻里一定能够团结，社会一定能够和谐。

原载于 2015 年第 10 期《散文选刊》

后　记

我写散文快三十年了，写作的题材较为广泛，随心所欲，想啥写啥，谈不上路子，更谈不上风格。

后来发现了一个问题，在我发表的那些散文中，乡土散文占绝大多数，有点影响的也是乡土散文。朋友谈及我的散文，也说我的乡土散文写得相对好些。林非、王宗仁、陈长吟、蒋建伟、卢子贵、邢秀玲等散文名家也曾对我的乡土散文写作给予鼓励和肯定。

我是农民的儿子，从小生在农村，长在农村，学校毕业后又长期工作在农村，自然对农村和农民有深厚的感情，尤其是对农村的过去、现在和未来，有着深刻的体验和感受，写乡土散文，更能写出真情实感。

根据自己的写作实践和名家指点，近些年来，我集中在乡土散文写作的领域积极探索，并逐渐过渡到新乡土散文的写作，取得了点滴成绩。2011 年 4 月 22 日，第六届海内外华语文学笔会在北京举行，安排我做了题为《乡愁，一杯千年的陈酿》的发言。2014 年 5 月 17 日，第四届中国西部散文家论坛在陕西蓝田举行，安排我做了题为《乡村依然美丽——浅谈新乡土散文》的发言。2014 年 6 月 14 日，《散文选刊》杂志社在北京为我举办了乡土散文研讨会。中国散文学会副会长兼秘书长王彬对我坚持乡土散文写作的真实性给予充分肯定。人民日报

往事如烟

也以《乡土散文写作的真实性》为题对研讨会情况进行了报道。2015年5月25日,第五届中国中西部散文家论坛在四川广元举行,再次安排我做了题为《新乡土散文的三性》的专题发言,受到论坛的肯定和作家的好评,并接受了广元电视台、广元日报和昭化电视台的采访。

朋友的支持、专家的鼓励、老师的栽培,使我深受感动,感动之余觉得有必要出一本乡土散文的集子。一方面是对关心支持我的人们表示感谢。另一方面也是对自己乡土散文写作的回顾和总结,便于巩固和提高。

于是我将自己发表在各级报纸和文学期刊的八十三篇乡土散文或者新乡土散文,分"情系故乡、难忘亲情、旬阳风情、往事如烟"四辑进行编排,取名为《留住乡愁》。这本集子反映了我"热爱家乡、情系故土"的赤子情怀,体现出了"文人要为时代为社会立言"的创作精神。尤其是文章字里行间流露出的"留住乡愁,回归乡土"的思想主题,揭示了我国农村目前面临的现状和问题,以及今后的发展趋势,取名《留住乡愁》寓意于此。

2015 年 9 月 8 日